図書館の神様

瀬尾まいこ

筑摩書房

目次

図書館の神様

o

清《きよ》。私の名前だ。

二十一世紀の世の中に全く不似合な古めかしい名前。二十代でこんな堅苦しい名前を持っているのは日本広しと言えども、私ぐらいだろう。両親が『坊っちゃん』に傾倒していたわけではない。

私が生まれる三日前に、母さんが八年間飼っていた雑種犬のキヨが死んだ。家から少し離れた大通りで車に轢《ひ》かれた。しかし、キヨは最後の力を振り絞り、飼い主のもとへ戻ってきた。血を流しながら玄関先で息絶えたらしい。忠実なキヨ。この子の命と引き換えに死んだんだわ。キヨのおかげでこの子が無事に生まれたのよ。それで、私が名前を引き継いだ。

犬の名前をつけられるなんて迷惑な話だが、実はこの名前は私で三代目になる。母方の祖母が喜代。祖母の葬式の日、一匹の犬が我が家に迷い込んだ。それが忠犬キヨ。

清は早川家では由緒ある名前なのだ。

十八歳までの私は名前のとおり、清く正しい人間だった。自分で言うのはおかしいけど、事実なのだから仕方ない。中学時代の、カンニングが当たり前の漢字の小テストや英単語テストだって全力で臨んだし、掃除だって給食当番だって真剣に取り組んだ。高校時代の、のんきな老夫婦が経営する客などめったに来ない和菓子屋でのアルバイトも無遅刻無欠勤。嘘も陰口も言ったことはない。もちろん私自身の覚えている範囲でだけど。

清い私の精神は至って健康。いつも正しくあることに一番重きをおいた。まじめにまっすぐにやればいい。そのルールに従えばいいのだから、私の人生は簡単だった。悩まず迷わず戸惑わず、単純明快、即断即決。思春期のおぼつかない足取りの時だってしっかり地に足をつけて歩いた。

その代わり、私の身体は厄介だった。完璧なアレルギー体質だった。四つ足動物の肉を食べると吐き気に襲われ、甲殻類を食べると下痢を催した。辛い物を身体に入れると頭痛を起こし、刺激物を食べると鼻血を流した。目に見える大きな病気にはかからなかったけど、爽やかな朝が迎えられる日は皆無だった。いつも身体がどんより重かった。これは不幸だ。いつもいつも私は自分の体調に不安を抱き、持て余していた。

　しかし、私の精神が健全なのは、この身体のおかげだった。健全な魂は不健康な身体にこそ宿るのだ。頭痛の苦しみでうなりながら、あるいはトイレの便器に向かってもどしながら、ひたすら祈った。清廉潔白な日常から必死で悪い行いを探し出して懺悔する。

「ああ、神様。二度と悪いことはしませんからお許しください」

私はクリスチャンでも、仏教徒でもないけれど、昔から何度も神様に祈った。そして、体調が戻ると神様に感謝し、約束どおりもっといい子になろうと努力した。本当はバファリンや正露丸のおかげなのだけど。

　そんな私が中でも一番誠実だったのはバレーボールに対してだ。小学校の低学年の時に入った少女バレーは一気に私をとりこにした。一つの球を落とさないようにみんなでつないでいくことや打ち方によって角度を変えて飛ぶボールを操ることも面白かったが、単純に腕にボールが当たる感覚がたまらなかった。体育館で反響するボールの弾む音にぞくぞくした。どんなに体調が悪くても練習を怠《おこた》ったことはなかった。チームの練習だけでは飽きたらず、遊ぶ間も惜しんで練習をした。基礎体力を付けるために腹筋や腕立て伏せをし、バレーに関する本もたくさん読んだ。とにかく暇さえあればボールに触っていた。バレーボールをしている時の私は、一生懸命で根気強く、誰よりも活発だった。だから、きっと誰も私の身体が不健康だなんて思いもしなかったはずだ。

背はさほど高くはなかったが、自分の時間を全てバレーボールに費やしただけあって、実力は着実についた。少女バレーでは高学年の生徒を差しおいて、三年生でレギュラーでセッターを務めた。中学校では入部と同時にエースだった。先輩の嫉妬から嫌がらせを受けることもあったが、全く気にならなかった。バレーボールができればそれでよかったし、最後には、人の何倍も練習に打ち込む私をみんな認めてくれた。高校の時は順調そのものだった。顧問の先生も先輩も、中学で好成績を残した私を優遇してくれた。その頃には、既に自分の力がずば抜けていることを実感していたが、それでも私は練習を欠かさなかった。部活動の練習だけではなく、ママさんバレーにも参加し、少しでも強くなるために励んだ。

バレーボールが私の全てだった。脇目も振らず自分自身をバレーボールに注ぎ込んでいた。中学校では県大会に、高校の時には国体に出場し、よい記録も残していた。

将来は体育大学に進んで、ずっとプレイをするはずだった。ところが、あることがきっかけで、私は何よりも大切にしていたバレーボールを失ってしまうことになる。

私がキャプテンをしていた高校三年の夏、私達のチームは県大会の予選を順調に勝ち進んでいた。そんな中の練習試合だった。重要な試合ではなかった。隣りの高校から申し込まれて実施することになったただの練習試合。

大差で勝っていた。だから、監督が気楽に補欠の山本さんを投入した。三年生だから最後に試合を経験させてやろうという心遣いだったのだろう。ところが、一年生の時から補欠だった山本さんは試合に慣れていなかったせいか、ありえないくらいにミスを重ねた。そして、そのまま調子を崩した私達のチームは、明らかに弱い学校に負けてしまった。

何を言ったか覚えていないが、試合の後の反省会で山本さんは泣いていた。普段からバレーボールに関して厳しい私は、時々後輩を泣かせてしまうこともあったから、気にもとめなかった。帰り道でミキが「ちょっと言い過ぎたんじゃない」と言っていたことは覚えている。

次の日、臨時の全校朝礼が行われた。朝から学校全体が騒がしく、何人かの生徒が重苦しい顔をしていた。私は朝礼で何が話されるのか見当が付かなかった。ただ、妙に嫌な予感がした。とても嫌な予感。それは見事にあたった。

校長は回りくどく、山本さんが自宅のマンションから飛び降りて死んだことを伝えた。遺書はなかったらしい。勉強もでき友達も多く、普段から明るい山本さんが自分から死ぬような理由はみんな考えつかなかった。

私はぞっとした。山本さんとはあまり親しくなかったから、悲しさや辛さは感じなかったが、身体が寒くなった。同じ学校に通う同じ歳の山本さんが命を絶ったことに衝撃を受けた。それと同時に、ほんの少しだけ試合後のミーティングのことが引っかかった。でも、まさかそんなことで死ぬ人間がいるわけがない。ミーティングのことなど何も関係がないはずだ。そう思った。しかし、周囲では山本さんを死に追い込んだのは私だということになっていた。誰も何も言わなかったが、誰もが私を責めているのは明らかだった。

もともと私の厳しい部活のやり方に不満を持っていた部員は、山本さんのことをきっかけに私をきっぱりと切り捨てた。優れた技術とキャプテンとしての強さに憧れて私についてきた後輩は、間違いを犯した私を受け容れなかった。何人か味方になってくれる仲間はいた。だけど、その何人かの心の中にも、私への疑問があるのは見て取れた。

真実はわからない。だけど、みんながそう思うのだから、そうなのだろう。だんだん私は自分が山本さんを殺したような気になっていた。後味の悪い感触や罪悪感にも、部員の非難の目にも耐えられなかった。

もうすぐで引退だったが、私は部活をやめた。みんなは私の退部を当然のことのように受け止めた。顧問でさえも退部届けをすんなりと受け取った。私の抜ける穴は技術的にはとても大きいはずだ。でも、私がいることで生まれる、沈んだ空気のほうが、バレー部にとっては痛手なのだ。もちろん、退部を止めようとしてくれた仲間もいたが、本気では動かなかった。部活内の大きな流れに逆らってまで、私を引き留める部員は一人もいなかった。

そのうち、私はバレーボールを見ることも嫌になった。あんなに打ち込んでいたバレーボールだったのに、少しでもバレーボールから離れたいと思うようになった。

残りの高校生活はただ静かに日々が過ぎていくのを待つだけだった。必要最低限の会話だけをクラスメートと交わし、卒業までの時間を毎日指折り数えた。時間が経つとともに、私を非難する目は減ったが、一度離れていった人間がまた私に近付いてくることはなかった。密かに高校を卒業した私は、目指していた体育大学でなく、住んでいた土地を離れ、地方の小さな私立大学に進学した。

ずっと描いていたものから、外れた道を歩き始めた私からは、次第に清さも正しさも薄れていった。どんどんいい加減に投げやりになった。不思議なことに清さや正しさを手放す代わりに、私の身体は少しではあるけれど、強くなっていった。精神と身体は逆方向に動くのだろうか。

I

四年後には統合されることが決まっている鄙《ひな》びた高校の唯一の長所は、どの教室からも海が見えることだった。職員室、廊下、体育館、そして全ての教室。学校の仕事も、生徒も、職員も退屈でしかなかったけど、海はいつでも愉快だった。

とりわけ、三階の図書室から見える海はすごかった。向こうの岬がすぐそばに見える湾の中は、陽射しをたたえいつも光を放っていた。

図書室のドアを開けると、本の匂いが鼻をつく。かびくさい濁った匂い。滞ったこの空気は苦手だ。私はすぐに窓を全開にした。四月のなめらかな風が入ってくる。自分が生徒の頃には図書室なんてまったく寄りつかなかった。昼休みはいつも体育館で過ごしたし、読書感想文の宿題が出る夏休み前に本を借りる程度だった。

なのに、どうして私が文芸部の顧問なのだ。担当教科が国語だから？　だったら困る。別に国語が得意なわけじゃない。文学なんてまったく興味がない。小説どころか雑誌や漫画すら読まない。確かに私は文学部出身だ。でも、大学進学を間近に進路変更をした私は、日本人が日本語を勉強するという最も簡単そうな道を安易に選んだだけだ。

文芸部の部員はたった一名だった。私が来る前は、地方の小さな文学賞をとったことがある教師が顧問をしていたせいか、一応五名はいたらしい。しかし、三年生が卒業し、今では当時二年生だった生徒が残っているだけだった。そんなクラブ、廃部にしてしまえばいいのに。

「こんにちは」

図書室の中を何を見るでもなく物色していると、一人の生徒が入ってきた。初めて見る顔だ。私が受け持っているのは一年生と二年の一クラスだけだから三年生はあまり知らない。

「垣内《かきうち》です。三年のC組です」

「えっと、早川です。文芸部の顧問になりました」

私も自己紹介をして頭を下げた。

「よろしくお願いします」

そう言って、垣内君は快活な笑顔を見せた。

文芸部員というのは、メガネなんかかけたひ弱そうで色白な青年かと思いきや、垣内君はとても健康そうだった。手足がバランスよく長くて、細くはあったが筋肉がついていた。瞬発力がよさそうだし、球技センスがありそうだ。髪だって短くこざっぱりして、いかにも運動向きな感じがした。

「あの、何をどうしていいのかわかんないんだけど」

私は正直に言った。文芸部の活動がどんなものなのかイメージは全然なかった。高校時代にも文芸部というのがあったけど、バレー以外に目を向けていなかった私は、その部がどんな活動をしていたのかまったく知らなかった。他の教師に活動内容を前もって聞いてはみたが、「適当にしてれば大丈夫」といういい加減な答えしか得られなかった。学校から何の期待もかけられていないクラブだということなのだろう。

「とりあえず、今日は初日なので、今年度の活動方針と、計画と、予算を立てないといけないんです」

垣内君はとても慣れた様子で図書室の椅子に座るとノートを広げた。

「なるほど」

私も垣内君の向かいに座った。

「まず方針なんですが、どんなのがいいでしょうか?」

垣内君は手早くノートに書き出しながら私に質問をした。

「は?」

「今年度の活動方針です」

「さあ」

当然わかるわけもなく、私は首を傾げた。

「じゃあ、昨年度と一緒でいいですよね」

「そんな簡単に決めていいの？」

「ええ。そんな簡単でいいんです。野球部なんて十四年間も方針が変わっていません。こんなの発表用の文章ですからなんだっていいのです。昨年度の方針は『文学を通して自分を見つめ、表現し、自分を育てる』でした。どうですか？」

垣内君はあまり抑揚《よくよう》のない声で話す。

「それでいいんじゃない」

「それでは方針はきまりですね。それで、部長は僕でいいでしょうか？」

私は「もちろん」と頷《うなず》いた。他には誰もいないのだから。

「じゃあ、部長は僕で承認されたということで、顧問は早川先生。次は予算です。どうしましょう。先生何かほしい物ありますか？」

「ほしい物……？　なんだろう。車かなあ。今乗ってるのは中古の軽なんだけど、2ドアだからちょっと不便なんだよね。後ろの席に荷物載せたりする時とか面倒くさくて。せめて4ドアの車がほしい」

「なるほど。確かにそれは不便ですね。僕の母も2ドアの車に乗っていますが、あまり嬉しそうな顔をして運転していないのは、ドアの数が少ないせいだったんですね。

だけど、残念ながら文芸部で活動するのに必要な物じゃないとだめなんです」

「ふうん。去年は何買ったの？」

「そこの本と、あと、原稿用紙と製本用のテープと印刷用紙です」

「ぱっとしないね」

「そうですね。今年度はもう少しいい物を買いましょう。今は決まりそうにないので、何を買うかは後で申し出るとして、次は活動計画なんですけど」

垣内君は初対面の私を相手にてきぱきと活動を進める。まずは、もう少しお互い打ち解けようという意欲はないのだろうか。突然、文芸部が勢いよくスタートしてしまい、私はまったくついていけなかった。

「ねえ、スポーツしないの？」

私は垣内君のきれいな筋肉の付いた腕を見ながら言った。

「へ？」

「何か運動しないの？」

「運動ですか……。ああ、今日体育で幅跳びをしてきました」

「そういうのじゃなくて、図書室でこんなことしてないで、野球とかバスケとかしたくないの?」

男は二十歳までは多少無理してでもスポーツすべき。私の持論だ。病弱ならまだしも、健康そのものの垣内君が、放課後図書室でわけのわからない活動をしているのはとても違和感がある。

「いや、やりますよ」

垣内君はまたノートに顔を戻しながら答えた。

「じゃあ、どうして文芸部なの?」

「いけませんか?」

「いや。別に悪くはないけど、健全な高校生は走らないと」

「じゃあ走ります。グラウンド三周したら、文芸部の活動をしていいですか」

真面目なのかふざけているのか判断しにくい口ぶりだった。ただ、私の質問に答える気がないのは明らかだった。

「ああ、いい、いい。面倒だから、さっさとやっちゃおう。えっと、何を決めなきゃいけないんだっけ?」

「活動計画です。毎年、卒業式前の主張大会で論文のようなものを発表しなくてはいけないことは決まっているんですが、その他に何かやりますか?」

「それで十分なんじゃない」

私は投げやりに言った。

いったいこんな部活動、何の意味があるのだろう。活気もなければ、たいした目標もない。私は想像以上に退屈な部活の顧問になってしまったようだ。この先、一年間もこの図書室で彼と二人で過ごさないといけないと思うと気が重くなった。

垣内君はがっくりしている私にかまわず、手っ取り早く活動計画や目標を立ててしまった。

「一応しなくてはいけないことは終わったので、今日は川端康成について調べたいのですが、よろしいですか」

「どうぞ」

冗談で言ってるのかと思いきや、垣内君は本当に川端康成の本を開き、読み始めた。本気で文学をやりたいと思う高校生がいることにも、川端康成を自ら進んで読む若者がいることにも度肝を抜かれる。

図書室からはグラウンドも体育館もよく見えた。体育館からはバレーボールの弾む音が聞こえる。居心地の悪い図書室で私はずっとボールの音を聞いていた。

「お帰り」

家に帰ると、浅見さんがドアの前に立っていた。浅見さんは合い鍵を持っているのに、いつも玄関先で待っている。「何かなくなった時、疑われると嫌だから」というのが浅見さんの言い分だけど、こういうきちんとしたところが大好きだ。

「待った?」

「少しね」

浅見さんはそう言いながら、私の後ろについて部屋に入った。

「今日から部活が始まったし、これから帰りが遅くなっちゃうことが多くなるかもしれない」

学校という場は定時に帰ることがまず不可能だ。四時三十分が勤務終了時間のはずだけど、部活が六時まであるのだから終業時間なんてないも同然だし、教師には時間の感覚がないのか、みんな何時まででもだらだらと仕事を続けている。

「部活って、噂の文芸部?」

「うん」

「どうだった？」

浅見さんは自分のブルーの座布団を引っ張り出すと腰を下ろした。

「どうってことない。噂どおりにつまらなかった」

私は台所で緑茶をいれた。田舎の物件は安く、私の部屋は一人暮らしでは持て余すほどに広い。台所とリビングがきちんと分かれていて、さらに和室まである。

「そっか。残念だったね」

「まあね」

「校長に交渉とかできないの？」

「交渉してもどうしようもないよ。講師だもん」

緑茶がなみなみ入ったカップを渡すと、私は浅見さんの膝の上にどかっと座った。浅見さんの膝の上は座布団やソファの何倍も落ち着く。

浅見さんと出会って、私は人に甘えることが恐ろしく心地よいということを知った。浅見さんの身体の一部に触れるだけで気持ちがほどけたし、うんざりするような出来事でも浅見さんに報告するだけで帳消しにできた。浅見さんの膝の上で大きなカップに入れた温かい飲み物を飲む。それだけで、気持ちは十分満たされた。子どもの頃に浅見さんと出会っていたら、私はもっとずっと健康でいられた気がする。

「じゃあ、一年間苦痛だなあ」

「本当。しかも、よりによって文芸部だなんて」

私は大きくため息をついた。


学校の講師になればというのは浅見さんの提案だった。

「そんなに好きなら、いくつか方法はあるんじゃない？」

一昨年の誕生日、浅見さんはプレゼントにバレーボールの試合球をくれた。黄色と青のラインの入った手触りのすごくいいやつだ。浅見さんのくれる物はいつもいかしていた。タイムリーというか的を射ているというか、物欲のない私を満足させてくれた。

「そうしたいんだけど、いざとなるとプレイする気力がわかないんだよね」

その頃、私はもう一度、バレーボールをしたくなっていた。何年もバレーボールをやってきたのだ。私の身体にはバレーボールの感覚がしっかりと染みついていた。気持ちはバレーボールを拒絶していても、身体はバレーボールを求めていた。私の腕はボールを打ちたくてうずうずしていた。十年以上やり続けたものを、そう簡単に断ち切れるわけがなかった。ボールを打ちたいという欲求は次第に強くなり、止められなくなった。そして、大学のバレーボール部を見学に行ったり、地域のバレーボールクラブに問い合わせたりした。しかし、いざ入部する段になるとできなかった。最終的な一歩を踏み出せないでいた。わけもなく休み明けに学校に行けない子どものように、バレーボールがやりたくて仕方ないのに奮い立てなかった。バレーボールをしようとすると怖くなった。また繰り返してしまう。プレイをすると感情がうまくコントロールできなくなる自分がわかっていた。

「自分がプレイしなくても、バレーに携《たずさ》われるじゃない？」

「どうやって？」

「コーチとか監督とか」

「コーチ？」

「そう。選手じゃないとまた違った気持ちでバレーができるんじゃないの？」

「そうかなあ」

「うん。自分が実戦に立たなくてもいいんだから、きっと大丈夫だって」

「そうかもしれない」

「だろ？　高校とか中学で部活の顧問するとかしてさ」

コーチになるだなんてすぐ思い浮かびそうな簡単な解決法なのに、浅見さんの口から出たその言葉に目から鱗《うろこ》だった。なんて豊かな発想だろうと感動した。今の私がバレーボールに関わる方法はそれしかない。そう思った。大学三回生だった私は慌てて教職課程の授業を受け、教員免許を取り、高校の講師になった。

ところが、そううまくはいかなかった。ずっとバレーボールをやってきたし、それなりの成績も残している。学校で働けば、必然的にバレーボール部の顧問になれるものだと思っていた。それなのに、まったく接点のない文芸部に当てはめられてしまった。バレー部の顧問はバレーボールどころか、動くことさえできそうにない定年間近の小太りの英語教師が務めていた。一年契約の講師ということを差し引いても、私がバレーボール部の顧問をしたほうが生徒のためにも学校のためにもずっといい。私はそう主張したけど、誰も聞こうとはしなかった。どうしてこんな簡単なことがすんなり通らないんだろう。学校というのは不思議な場だ。

「作戦失敗だな」

浅見さんは笑った。

「笑いごとじゃないよ。国語なんて意味不明だし、高校生は生意気だし、職員室なんてもっと最悪。話の合う人は一人もいないし。あー。早く一年経ってほしい」

「一年間無駄になっちゃったな」

「ほんと最悪。でもいいんだ。そんなことどうでも。浅見さんがいればね」

私は浅見さんの額にキスをした。

とりあえず、浅見さんとくっついている時は、それでいいと思える。昔はバレーボールだったけど、今は浅見さんがいる。他のものがどうでもよくなるものがあるということは、幸せなことだ。ただ、浅見さんは私だけのものじゃない。

「ああ、いかんいかん。帰らないと」

浅見さんが言った。

「もう？　さっき来たばかりじゃない」

「今日の夕飯はコロッケだって言ってたから、揚げるの待ってるだろうし」

「何よそれ。先に食べてもらえばいいじゃない」

「ごめん。また来るから」

「またって？」

「木曜日か金曜日」

「明日は？」

「うーん。明日は夕飯、外に食べに行く約束したし」

「もう。何よそれ」

「ごめん」

「いいよ。早く帰れば」

私は浅見さんの膝の上から立ち上がった。夕飯がコロッケだってこととか、外食の約束があることとか、もっと秘密にすればいいのにと思う。浅見さんはこういう関係を築くことに向いていない。

「ごめんね。愛してるから」

玄関まで慌てて足を進めておいて、浅見さんは取ってつけたように私にキスをした。

浅見さんに出会ったのは、大学二回生の時だ。大学生活にもこの土地の景色にもすっかり慣れてしまい、私は時間を持て余していた。バレーボールしかしてこなかった私は、他にするべきことが何も浮かばなかった。自分の中に全然なかったものをやろう。そう考えて、私はお菓子作りの教室に通うことにした。あまりの不似合さに自分で笑ってしまったが、これが見事にはまった。お菓子を作るのには、卵白を泡立てたり、小麦粉とバターを練り合わせたり、意外に力がいる。バレーボールで鍛えた腕力や握力のおかげで、私は面白いほど上達した。週に一回のその教室の講師が、浅見さんだった。

「やる時には何事も真剣にする」。それが浅見さんのモットーだった。よく学級目標なんかになったりするありきたりのモットーではあるが、浅見さんはそれを身をもって不必要に実行していた。

夏祭りの金魚すくいで、血眼《ちまなこ》になって金魚を追う姿は周りを震撼《しんかん》させるものがあった。地域のボランティアで参加した空き缶拾いでは、みんなが帰った後、夜中までかかって、一人でスチール缶とアルミ缶を分別していた。新しいケーキを作るため、味見を繰り返し突然五キロ近く太って別人のようになったと思ったら、毎日三時間走り続けダイエットに成功。そのついでにその年の地区マラソンに出場し見事優勝を飾った。

中でもそれが遺憾なく発揮されているのがお菓子教室だ。それはお菓子教室などという優雅なものではなかった。

「遊びですることなんてこの世には何一つないのだ」

浅見さんはそう言って、うっかりお菓子教室に申し込んでしまった、いたいけなお年寄りや有閑マダムに、真剣にケーキ作りを叩き込んでいた。プロになりたいわけでもなく暇つぶしで教室に来た人々は、大声で怒鳴《どな》られ、せっかく作ったケーキをまずいと捨てられた。いつも殺伐《さつばつ》とした雰囲気が漂う教室だった。

はちゃめちゃな人だ。でも、ケーキの腕だけは確かだった。浅見さんの作るケーキはとびきりおいしかった。一瞬にして口の中で消えるチーズスフレ、苦味も甘味も全部がちょうどいいモンブラン、濃厚なのにいくつ食べてもちっとも飽きないショートケーキ。どれも最高だった。浅見さんの作るケーキを食べられるのなら、人生の全てを浅見さんに捧げてもいいと本気で思った。

当時浅見さんには婚約者がいた。浅見さんは教室でも公言していたし、浅見さんのお店に行くと、細くて髪が長い女の人に出くわした。

「結婚するんだ。でもいい？」

「でもいいって？」

「いや、別れたくなるかなって思って。続ける？」

「浅見さんはどうしたいの？」

「俺は続けたいって思う。清のこと愛してるから」

馬鹿だと思う。百人に聞けば九十九人が騙《だま》されているって言うだろう。恋をすると、判断力が鈍ってしまう。

私は昔の自分からはまったく想像のできない不合理な恋愛をしていた。

2

バレーボール部の顧問になることが目的で講師になった私にとって、学校での仕事は苦痛でしかなかった。

文学部を出たとはいえ、国語などちっとも得意ではないから、毎回猛勉強しなくては授業ができなかった。特に古文の授業の前は、受験生並みに勉強が必要だった。古典文法を英単語を覚えるように頭に叩き込む。こんな知識いったいどこで使うのだろうか。生徒の頃はそんな疑問すら抱かず、勉強にいそしんでいたけど、実際学校で教えることなど実生活に関係のないものばかりだ。

毎回、「どうか質問されませんように」と祈りながら、授業を進める。実際は質問されるどころか、生徒の半分以上が授業なんて聞いていなかった。だけど、そんなことはどうでもよかった。ただ、五十分がつつがなく終わればそれでよかった。

授業以上に会議の多さには参った。毎週行われる職員会議以外にも、生徒指導会議、教科会議、学年会に学習部会……。毎日何らかの会議がある。二十分ほどで決まりそうな単純な内容を、小さな文言にこだわって言い争いながら進めていくから、一時間近くかかる。私が発言することはなく、会議はただ眠気との戦いだった。

「じゃあ、八日だから八番。えっと、加藤さん読んで」

机の下に鏡を置いて前髪をいじっていた加藤さんはうっとうしそうに顔を上げると、

教科書を開き始めた。

「三十八ページ」

私は静かに告げた。反抗的な生徒にも、無気力な生徒にも、腹も立たなければ、何とかしなくてはという焦りも感じなかった。ただ高校生に国語を教える。それだけだ。私にはどの生徒もみんな一緒に見えた。

加藤さんが、やる気がないことを強調するような声で、だらだらと朗読を始めた。

一応教師らしく、教室をゆっくり回ってみる。講師を始めて一ヶ月。教師のスタイルみたいなものだけはつかめてきた。

三十八ページを開いている生徒は半分もいない。マスメディアが現代社会にどのような影響を及ぼすか。それを小難しく回りくどく語った文章に、興味がある高校生などいなくて当然だ。

窓からは変わらず海が見える。五月の海は波を起こすことを忘れているくらい、すっかり凪《な》いでいる。グラウンドでは三年生の体育の授業が行われていた。一学期の初めはどの学年も陸上競技だ。今日は走り高跳びの記録をとっている。

垣内君だ……。すらりと伸びた手足に締まった筋肉の付いた身体は遠目に見てもわかった。軽やかな助走に、絶妙のタイミングで空に舞う。長い手足がきれいに弧を描いて、ゆっくりと落下していく。美しいと思った。もったいない。文芸部なんかにいる人物じゃない。文芸部で無駄な時間を過ごさず、陸上部に、何でもいいから体育系のクラブに変更すべきだ。脚力と瞬発力があるから、バスケに向いているかもしれない。

「先生、読み方がわからないんですけど」

加藤さんがつっかかるように言った。

「えっと……。ごめん、どこかな」

加藤さんと何人かの女子が「はあ？」と嫌味な声を出すのが聞こえた。昔から女子生徒は女の教師に厳しい。

「四十ページの六行目。バイカイって読むんじゃねえの」

大崎君が言った。

文芸部顧問は恐ろしく楽な仕事だった。

放っておいても垣内君は黙々と作業をする。図書室の大きな窓から見えるグラウンドの野球部やサッカー部の活動を眺めたり、図書室唯一のマンガ本、『はだしのゲン』を読んだりしていればよかった。何より顔の角度を変えるだけでいつでも海が視界に入ってくるのはとても心地よかった。

今日は木曜日だから、バレー部が全面コートに当たっている。三階の図書室にも、体育館の音が聞こえる。ボールの弾む音は、私を一気にバレーボールの世界に引き込んでしまう。ここのチームは、攻撃力はあるが守りが弱い。いつも中間が空《あ》いている。図書室からでも、様子がうかがえた。あの顧問は何をしているのだろう。弱点を補強しなければ、このまま練習を繰り返したって上達しない。だめだ。バレーボールのことを考えるといらいらする。私は気を紛らわすために、文芸部顧問として働くことにした。

「垣内君って、どうして文芸部なの？」

私は垣内君の向かいの席に座って、質問をした。

「文学が好きだからです」

垣内君は本から目を離さずに答えた。

「まさか」

「でも、文学が好きだとしても、一人きりでこんなことをしてると息が詰まらない?」

「本当です」

閑散とした図書室で、本に囲まれて毎日一人で二時間近くを過ごす。口を開くことも、身体を動かすこともなく、ただ本を読む。普通の高校生ならすぐに卒倒してしまうだろう。

「いえ、楽しいですよ」

垣内君はあまり興味なさそうに私と会話を進めた。

「野球とかサッカーとかバスケとか。そういうのやりたくなんないの?」

「今は特別やりたいとは思いません。中学の時はサッカー部でしたが」

「サッカー部だったの?!」

意外な事実に、私は思わず大きな声を出した。文芸部に入るような生徒はもともとスポーツに関心がないのだと思っていた。中学時代にスポーツの面白さを知ったら、やめられるわけがない。

「そんなこと初めて聞いたよ」

「ええ。初めて口にしましたから」

「サッカー部だったのに、どうして文芸部になっちゃったの？　どうしてサッカー続けなかったのよ」

「別にどうしてってことはありませんが」

「別にって、断念するには理由があるでしょ？　人間関係のもつれ？　それともひざを負傷したとか？」

「いいえ、誰ともこもつれてないし、僕の脚はいたって健康です」

「じゃあ何よ。普通、中学でしてたんなら高校でもサッカー続けるでしょう？　中学の三年間なんてウォーミングアップじゃない。運動って高校からが面白くなるのに、わざわざ文系のクラブに入るなんておかしすぎるよ」

垣内君は私にうるさく言われて、少し迷惑そうな顔をした。

「高校で、サッカーよりも楽しそうなものを見つけたからです」

「サッカーより楽しそうなものって、まさか文学？」

「そうです」

私は腑に落ちなかった。サッカーより文学が面白いわけがない。ボールを追いかけて走り回ることより、本を読むことが愉快なわけがない。みんなで一つになって練習に励むことより、一人で文学を研究することがやりがいがあるわけがない。

「そんな簡単な理由？　絶対おかしい。何かしら事情があるはずだって」

体格から見ても、時々見かける体育の授業での様子を見ても、垣内君はサッカー部で大いに活躍していたはずだ。それなのに、スポーツから離れてしまうのはとてもおかしなことに思える。

「ご期待に応えられなくて申し訳ないですが、何もありません」

垣内君は私をそっけなく振り払うと、文学の世界へ戻ってしまった。

文学がサッカーより面白いって、そんなこと本気で思っているのだろうか。私が知らないだけで、川端康成の本にはそんなに愉快なことが書いてあるのだろうか。川端康成と言えば、「国境を越えるとそこは雪国だった」って話しか知らない。それだって、学生の頃、課題でしぶしぶ読んだが、つまらなくて最後まで読破できなかった。

私は机の上に所狭しと並べてある川端の本を一冊手にとってみた。この本のどこに、サッカーを越えるものがあるのだろうか。ぱらぱらページをめくっていると、一つの言葉が私の目を捕らえた。

「死人にものいいかけるとは、なんという悲しい人間の習わしでありましょう」

『抒情歌』の冒頭部分はそう綴られていた。

私も何度、山本さんに話しかけただろう。答えてくれないのを明らかに知っているのに、真剣に山本さんに問いかけた。

「私のせいなの？」

「どうして死んだの？」

「許してくれているの？」

生きていた時は、めったに口をきかなかったくせに、死んだ山本さんに必死で言葉をかけた。

そんな自分を思って、感傷的な気持ちになりながら、ページをめくる。『抒情歌』は『雪国』みたいに難しくなく、甘い甘い物語だった。とてもロマンチックな文体でちょっと面食らった。ところが、読みながら私は爆笑してしまった。

「どうしたんですか」

垣内君が顔を上げた。

「鼻血が」

「鼻血？」

「突然、恋人役の女の子が鼻血を出すんだけど。それも主人公の家でよ」

川端の『抒情歌』は傑作だった。「愛のあかしがあまりに満ち過ぎていたのでありましょうか。もう別れるよりほかしかたがないほどまでに」なんて恐ろしくロマンチックな言葉で、私をうっとりさせたかと思うと、次の瞬間にはロマンスの対象である人にたくさんの鼻血を出させて、私を笑わせるのだから。

「川端康成は『骨拾い』という小説の冒頭部分でも、鼻血を描いていますよ」

垣内君が言った。

「うそ？　本当に？」

「本当です。主人公が祖父の葬式の翌日、骨拾いに行く時、たらたら鼻血を流すんです。それも、自分の歩いてきた道筋に血が落ちているのを見て、鼻血が出ていることに気付くのですから、結構な量の鼻血が出ていたと推測されますね」

「すごいねえ。よりによって鼻血って面白すぎる。当時、文学者の間では鼻血がはやってたのかなあ」

「さあ。神妙な気持ちの時は鼻血が出るものじゃないですか」

「まさか。そんなの初めて聞いたよ。でも、葬式の次の日はまだいいけど、恋人の家で鼻血が出るのはきついね。嫌がられちゃうよ」

私はそう言いながらも、また笑ってしまった。

「真剣になってる証拠だからかわいいと思ってもらえますよ」

「そうかなあ。垣内君はそういう女の子が好みなの？」

「さあ。実際に鼻血を出す女の子に出会ったことがないからわからないけど、鼻血が出たり、顔が青くなったり、見た目に健康状態がわかりやすい人はいいかもしれない」

「どうして？」

「しんどいのにがんばられると困るし、気を遣いますから。僕は相手の内面を読みとる能力が低いので、そうやってアピールしてもらえると助かります」

「ふうん」

頭痛や吐き気やめまいに襲われるたび、いつも私は平気な振りをするのに懸命だった。一度や二度ならみんな同情してくれるけど、たびたび体調を崩す人間は、一緒にいて煩わしいだけだ。

「そういえば、私小さい頃、ピーナッツとかアーモンドとか食べると必ず鼻血が出たよ。ピーナッツを食べる時の私って真剣だったのかなあ」

「それはまた別でしょう」

垣内君はおかしそうにけらけら笑って、

「こんな風に読むと、また、川端康成も愉快ですね。一人で読書していると、川端文学なんてくすりとも笑えないけど、こうやってクラブで読むと大笑いできる」

と満足そうに言った。

私は彼の寛大さに少し感心した。私が真面目に文学に親しんでいたら、「そんな小説の読み方は川端文学への冒瀆《ぼうとく》だ」って腹が立つに違いない。

バレー部のキャプテンをしていた時の私は、遊びでバレーボールをされることが最も嫌いだった。腑抜けたサーブを打ったり、ふざけて準備体操をしたりしている部員を見ると許せなかった。クラブは遊びじゃない。試合に勝つためには、個々のバレーボールの楽しみ方を取り入れる隙間はなかった。一丸となって強く鍛える。それがバレーの全てだった。

「ねえ、私が鼻血を出したらどうする?」

「何それ?」

浅見さんが突然の私の発言にきょとんとした。

「鼻血を出してしまうくらい浅見さんを愛してるってこと」

「すごい喩《たと》えだねえ」

「でしょ。文芸部だからね」

私は笑った。絶対うける。でも、浅見さんに川端文学を説明したところでわかってもらえないから、鼻血の話はそこでやめた。

「文学ってそんな面白いの?」

「別に。つまんないよ。えんえんと本を読んでいる生徒をひたすら眺めているだけだもん」

「ふうん。でもいいじゃん。何とか平穏に学校で働けてて」

「そうかなあ」

「俺なんかさあ……」

浅見さんは胡座《あぐら》に組んでいた足を伸ばして手を床にぺたんと付けた。これは気が塞《ふさ》いでいる印だ。浅見さんは落ち込んでいる時、いつもこの姿勢をとる。

「どうしたの?」

「また教室の生徒がやめたんだ」

浅見さんはため息混じりに打ち明けた。あんなに横暴に振る舞っていては当たり前だと思うのだが、浅見さんはお菓子教室の生徒がやめるたびに気を落とす。

「本当に?」

私は驚いた声を出してみせた。

「俺の教え方ってまずいのかなあ」

「そんなことないって。すごくわかりやすいと思うよ」

「だけど今年に入ってから、やめたの三人目だぜ。よっぽどじゃない?」

浅見さんはいつも強気だが、私の前ではしょっちゅう弱々しくなってしまう。それはちょっと嬉しかった。小さいことで深刻に悩み、相談を持ちかけてくる浅見さんは愛おしい。そして、浅見さんが弱音を吐けば吐くほど、私も浅見さんの前で軟弱でいられた。

「ほら、最近の人って、何にでもすぐ飽きちゃうから」

「最近の人って、こないだやめたのは五十過ぎのおばちゃんなんだよ」

「おばちゃんだって気まぐれなのよ」

「でも、入会して、たった一ヶ月でやめちゃったんだ。どうしてだろう。月謝が高すぎるのかな?」

「妥当な金額じゃないの」

浅見さんの教室の受講料は、週一回で一ヶ月六千円だ。有名なケーキ店の主人から直接作り方を習えるのだから、かなりお得だと思う。

「じゃあ内容がまずい?」

「ううん。いいと思うよ」

浅見さんは最近のお菓子教室で行った授業の内容を、私に事細かに報告した。そんなことを聞いてもいまいちわからないのだけど、私は浅見さんの頭を撫でながらうんうんと頷いた。

「大丈夫だって。きっとうまくいくよ。だって、浅見さんはすばらしいもの。自信を持ってやればいいんだって」

「本当にそう思ってる?」

「うん。本当。だからがんばって」

私の言葉で、浅見さんはすっかり元気になって、やる気を復活させた。簡単な人だ。だけど、そのわかりやすさは私を安心させてくれた。

私が教室をやめると言い出した時も、浅見さんは深刻な顔をした。あっさりやめられると思った私は、彼の悲しそうな顔に胸が痛くなった。そして、やめる理由を白状するはめになってしまった。浅見さんのことが好きで仕方がないってことを。

土曜日の夕方、いつものように拓実《たくみ》はやってきた。

「あんたってシスコンだよね」

「シスコンって何?」

「マザコンやファザコンの仲間よ」

「へえ、そういうのがあるのか。でも、残念ながら俺は姉ちゃんにコンプレックスなんて、さっぱり持ってないけどね。背だって俺のほうが高いし、体重だって俺のほうが重いし。頭だって性格だって俺のほうがずっといいもん」

背は拓実のほうが十センチ以上高いけど、頭脳は二浪して大学に進学した拓実より、私のほうがきっと明晰だ。

「そりゃよかった。でも、普通、大学生の弟がこんなに頻繁《ひんぱん》に姉ちゃんの家なんかに来ないって」

私はそう言いながらも、拓実のために牛乳をたくさん入れたアイスコーヒーを作ってやった。拓実は味覚が成長していないのか、コーヒーは砂糖や牛乳をたくさん入れないと飲めないし、お寿司やハンバーガーもわさびや芥子《からし》を抜いてもらう。

「だって姉ちゃん寂しいだろ？　不倫している女の土日は悲惨なもんだって雑誌に書いてあったよ」

「そんなのインチキ情報に決まってるじゃない。それに弟が来たって悲惨さは軽減されないわよ」

「うそ。じゃあ、毎週の俺の訪問って無駄だったのか」

そう言うけど、拓実は本当は海が見たくてやってくるだけだ。

私の実家はどこにも海に面していない県にある。そのせいか、私達姉弟は、幼い頃に海を見たことがなかった。私が海だらけのこの地に引っ越したのを見て、弟は心の底から羨《うらや》ましがった。

「海って、まさか、あの海がそばにあるの？」って。

拓実はたいてい土曜日の晩に来て、私の家に泊まり、次の日の朝から何をするでもなく、ぼんやり海を眺めて過ごす。初めは釣りをするとか、ボートに乗るとかすればいいのにと、あれこれ気をもんでいたけど、彼は本当にただ海を見たいらしい。今は放っておいている。

「今日は何？」

「ああ、なんだっけ、プリン」

拓実は大きなスーパーでバイトをしていて、売れ残った物をいつもお土産に持ってきてくれる。それも、いかにも売れ残ったという風に、大量に頓着《とんちゃく》なしに持ってくるのではなく、プリンならちょうど二個を箱に入れて、饅頭ならきれいな和紙に包んでといった具合に、お土産の体裁をさせて持ってくる。昔から要領のよい子だった。

「スプーン借りるね」

拓実はピンクとグリーンの二つセットのスプーンを出してきた。

この地域には友達もいないし、両親が二時間以上かけて私に会いに来ることもない。この部屋に来るのは、浅見さんと拓実だけだ。だから、私は平気で浅見さんのための物を置いている。私は昔から弟に何を知られるのも平気だった。

「こういう甘いだけのプリン食べるのって久々」

浅見さんの作るプリンは、ちゃんとバニラの匂いがして、もっとこくがあって、卵と牛乳の味がしっかりする。

「賞味期限切れにしては、おいしいだろ？」

「まずくはないけど。でも、寒天で牛乳と卵を固めてることが気持ち悪い。プリンって、ゼラチンや寒天で固めるものじゃないでしょう？」

「たかだかプリン食べるだけなのに、そうやって原材料チェックするところが姉ちゃんがもてない原因だぜ」

「何よそれ」

「おいしけりゃいいの。ゼラチンで固まろうが、卵で固まろうが、プリンなんて甘くてプルプルしてればいいの」

拓実はそう言って笑った。

「まあね」

甘いだけのプリンはつるりと喉に流れていった。

山本さんが死んだことで、周りから非難され、居心地が悪くなったのは私だけではなかった。私が殺したわけでもないのに、両親も弟も冷たい目で見られた。

「あなたにもう少し優しさや思いやりがあったらね」

「バレーばかりしてるから、大切なことがわからんのだ」

父親も母親も私を責めた。

頭の固い父は、周りの人間以上に私が悪いのだと思い込んでいた。神経質な母は、近所のスーパーに買物に行くのも、びくびくしていた。もともと軟弱だった一歳年下の弟は学校を休むことが増えた。たかが、試合後のミーティングできついことを言っただけだ。それが、ここまでのことになってしまうのだろうか。

私が地方の大学に行くため、家を出ることを決めた時、父も母もほっとした様子だった。

「姉ちゃん。ごめんな」

「何が」

私が家を出る時、なぜか弟は謝った。

「家を出ることになるなんて」

「どうして？　ここからじゃ大学に通えないから出ていくだけよ」

そうだ。別にここで暮らせないから出ていくわけじゃない。私は大学入学のために家を出るのだ。

「でも、おかしいじゃん。都会からわざわざ田舎の大学に行くのってさ……」

有名でもなく、特色もない田舎の小さな大学に進学する。誰が考えても不自然だ。だけど、両親も周囲の人々も、そして私自身も、私が遠くの大学を選ぶのが自然だと思っていた。進路指導の教師もそう勧めてくれた。

「姉ちゃん悪くないのに」

弟は静かに言った。

その時、私は山本さんが死んでから初めて泣いた。「悪くない」と言われたのが初めてだったからかもしれない。

「別に悪事を働いたから、家を出るわけじゃないわ」

「わかってる」

弟はそう言って、静かに笑った。

拓実は私と違って、身体は丈夫だったけど、精神は軟弱だった。適当に嘘つきで、いい加減で、人の顔色ばかり見て要領がよかった。私とはまったく逆の人間だった。でも、優しい人間ではあった。清く正しくはなかったが、底抜けに優しかった。そのことがはっきりとわかったのは、私がバレーに夢中になっていた高校二年生の頃だ。弟は高校に入ってすぐ、近所の花屋でアルバイトを始めた。そして、いつも売れ残った花を持って帰ってきた。そのおかげで、家の中に花が飾られることが多くなった。感心したのは、弟が、持って帰ってくる花の名前やその特徴、長持ちさせる方法、花言葉までもを明確に述べられることだった。もともと弟が花に詳しかったなんて話は、聞いたことがない。

そして、家に花があることで私と弟の能力の差が明らかになった。

私はことごとく、花を枯らしてしまう。活け方が悪いのか、水の替え具合が悪いのか、私にかかると花は即行でぐったりしてしまった。もともと傷んでいる花に止《とど》めをさしてしまう。汚らしく不恰好に枯らしてしまう。これには自分でも面食らった。

しかし、弟の手にかかると、不思議なことに花は命を吹き返した。うなだれていた首をしゃんとさせて、最後まで花のままで生命をまっとうしようとした。

「そりゃあ、バイトとはいえ、花屋と一般人の違いでしょう」

私はそう言ってごまかしていたが、明らかな花の姿の違いが気にかかっていた。

「まあ、テクニックもあるんだけどさ、結局は水清ければ魚棲《す》まずだよ」

弟は言った。

「きっぱりさっぱりするのは楽じゃん。そうしてれば正しいって思えるし、実際間違いを起こさない。だけどさ、正しいことが全てじゃないし、姉ちゃんが正しいって思うことが、いつも世の中の正しさと一致するわけでもないからね」

その時は、何を言っているのだろうと憤慨した。正しいことは正しいって。だけど、弟の忠告を聞いておけばよかったと今は少し思う。

3

『はだしのゲン』は二回も繰り返し読むと、さすがに飽きた。学校の図書室には第一部の十巻までしか置いていない。次の図書予算で、第二部を購入してもらおう。私は密かに決心をすると、二回じっくり読んだ『はだしのゲン』を棚に戻した。

日本文学全集から世界文学全集。世界各国の資料や天文学や科学の資料。新しい読み物だってたくさんある。図書費用は年間何十万と入るから、図書室はとても充実している。だけど、本を読む癖が昔から付いていないせいか、ぎっしり詰まっている図書室の本にも私はちっともそそられなかった。

窓の外を眺めると、空は昨日と同じように灰色だった。この辺は、雨が多い。梅雨になると、本当に何日も太陽が見られなくなってしまう。太陽の光がないと、海も山も厳しく険しく見える。海はどんよりした梅雨空の下で、暗い色のままでうなっていた。

垣内君は私の存在が見えないのか、まるで気にもせず作業をしている。するべきこともなく、二時間近い時間をこの空間で過ごすのは拷問に近い。小さい頃から、時間をつぶすのは苦手だった。するべきことや目的がないと、どうしていいのかわからなくなった。休みの日でも朝からきちんと予定が入っていないと、落ち着かなかった。

「ねえ」

私は図書室の中をうろつくのをやめて、垣内君の前に座った。

「なんですか?」

　垣内君が顔を上げた。

「退屈なんだけど」

「そう言われても困りますが」

「刺激がほしいのよね」

「刺激?」

「そう。なんか文芸部の活動って、波がないというか、毎日淡々としていて盛り上がらないでしょ」

「そうですか?　僕にはかなり刺激的ですけど」

「どこに?　いったい顧問に内緒で何をしてるのよ」

「例えば、昨日は三島由紀夫がボディビルをしていたと知りました。愉快でしょ。知らなかったことを知るのはなんともショッキングです」

　私には三島由紀夫がボディビルをしようが、編物教室に通おうがどうでもよかった。

「なるほどねえ。でもさあ、例えば、バレー部とかだと、目指すものがあるでしょ?　県大会とか。毎日ちゃんと張り合いがある。別に文芸部が悪いってわけじゃなくて、手芸部にしても美術部にしても、文系クラブって毎日同じようにだらだら過ごしているだけっていうか、メリハリがないのよねえ」

「毎日筋トレして、走り込んで、パスして、後は、レシーブ練習サーブ練習などなど。バレー部のほうが、毎日同じことの繰り返しじゃないですか。文芸部は何一つ同じことをしていない。僕は毎日違う言葉をはぐくんでいる」

垣内君がきっぱりと言った。垣内君のいつもと違うはっきりした口調のせいか、私は少しどきっとした。

「なんか今のかっこよかった。青春ぽかった。もう一回言って。僕は毎日違うなんたらってところ」

「嫌です」

「毎日違う言葉をはぐくんでいる。っていいね。いい」

「繰り返さなくてけっこうです」

垣内君が怒った。

「でも、もっとわかりやすいメリハリがほしいのよねー。これぞ部活って雰囲気のさあ。部長なんだから対策練らないと、部員が減るよ」

「部員ってどこにいるんですか」

「私」

「先生は顧問でしょう」

「どっちでも一緒じゃない。顧問だったとしても、これ以上つまらないって思ったら、家出するわよ」

　私の無茶な言い分に、部長はしばらく考え込んで口を開いた。

「わかりました。会議をしましょう」

「会議？」

「そうです。去年度までは部員が何人かいたので、みんなでいろいろ討論や相談みたいなことをしていたんです。一つテーマを決めて、自分達の考えを出し合って深めていくみたいな感じで。いまいち文学に関係ない気がしたし、僕は苦手だったけど。だけど、部員が二人だからってそれを省くのはまずいですよね。だいたい、先生が退屈なのは、文芸部に参加していないって思うからでしょう。毎回活動を始める前に会議をしましょう。どうですか？」

　つまらない原因は文学に興味がないからだけど、確かに参加している感覚がないから退屈なのかもしれない。私だって会議は大嫌いだけど、高校生と二人でする会議なら、そんなに面倒なことはないだろう。私は了承した。

「じゃあ、早速文学会議を始めましょう。早川先生、何か議案はないですか？」

垣内君は改まった顔をして会議を始めた。

「議案って？」

「何か話したいことはないですか？」

「よし、じゃあ、文学的なテーマで。えっと、正義とはなにか。どう？」

私は自分が知っている単語の中でなんとなく文学っぽい言葉を選んでみた。

「正義？」

垣内君はうさん臭そうに私の顔を見つめた。

「そう、正義とは何なのか。いいテーマでしょ？」

昔、私はこの手の言葉が好きだった。正義だとか真実だとか。そして、たぶんバレーに夢中だった頃の私は、自分なりの方法で正義や真実を貫いていた。

「どうやって語ればいいんでしょうか」

垣内君が訊いた。

「どんな時に正義を感じるかとか、自分の思う正義とは何かとか」

「じゃあ、先生の正義は何ですか」

「えっと、私はね……」

私は意気込んで、すぐにくじけてしまった。最近の私には、どこにも正義はなかった。やりたくもない仕事をいい加減にこなしている。だらしない恋愛におざなりに埋もれている。嘘をついているわけではないが、自分も他人もうまい具合に騙しながら、適当に毎日を過ごしている。ただそれだけ。正義のかけらもない。

「私はだめだわ」

私は自分の中のわずかな正義をもってして、正直に告白した。

「仕事はなんかぼやけているし、日常だって今ひとつぐだぐだしているし。正義とは縁遠いな」

「別に仕事や日常を懸命に送ることが正義じゃないでしょう」

垣内君が感想を述べた。

「ふうん。じゃあ、垣内君の正義は？」

「さあ。わかりません。正義とか真実とかそういう類《たぐい》のものは、語りようがないから。

ただそこにあるものでしょう」

「何それ。そのありがちな言い訳は。部長なんだから、何か言わなきゃだめよ」

垣内君は私に責められ、困ったように少し笑って言った。

「正義かどうかはわかりませんが、『黙るべき時を知る人は、同時に言うべき時を知っている』という言葉を、ある時書物で見つけました。その時僕はなんだかとても疲れていて、この言葉に衝撃を受けてしまいました。そうだったのかって思い知りました。今は僕はこれを正義ということにいたします」

垣内君はそう言うと、黙るべき時に突入し、川端康成の世界に戻っていってしまった。

「黙るべき時を知る人は言うべき時を知る」

私は黙るべき時を、言うべき時を知っているのだろうか。

4

「何、この問題集達は？」

浅見さんは机の上に雑多に置かれた本を手にとった。

「ああ、試験を受けるのよ」

「試験って？」

「教員採用試験。夏休みに行われるんだ」

「何それ？」

「私って講師でしょ？　それってアルバイトみたいな身分なの。正式に教師になるには、採用試験に通らないといけないのよ。教師になれば、一年契約とかじゃなくて、ずっと学校で働けるの」

「へえ。ややこしいんだな。ってことは、清って教師になるの？」

「さあ。どうかなあ」

講師をしていたら教員採用試験を受けるのが当然らしく、教頭に願書を渡され、周りの先生達から問題集をもらった。だいたい講師というのは教師を目指す人の仕事らしい。

「さあって、勉強してるんだろ？」

「もちろん。教師になるならないは別にしても、試験を受けるからには、ベストを尽くしたいから」

「らしいね。俺、清のそういうところが大好き」

浅見さんはそう言って、私をぎゅっと抱きしめた。確かに私の長所はそういうところだと自分でも思う。

「よし、見てやろう」

世話好きな浅見さんは問題集を広げて、自分のことのように一生懸命読み始めた。

「じゃあ、問題。次のうち、体罰になるのはどれだ。1、授業中、廊下に立たせた。2、休み時間に校庭を十周走らせた。3、給食のおかずを減らした。4、怪我をしない程度に軽くたたいた」

浅見さんが楽しそうに言った。

「それは引っ掛け問題で、実は全部体罰になるのよ」

問題集をすでに二度ほど解いていた私は易々《やすやす》と答えた。

「まじで?」

「本当」

「だったら、俺、体罰されまくってた。今から教育委員会に訴えようかなあ」

「どうぞ。でも、それなら、浅見さんだってお菓子教室の奥様達に訴えられるかもね」

　私が笑うと、浅見さんは本当に心配そうに「俺ってそんなにひどい講師なのかなあ」とつぶやいた。自覚のないことは幸せだと思う。キャプテンだった頃の私もこんな感じだったに違いない。

「もしかして、生徒の中には嫌な思いしてる人がいたりするのかな」

　そう言う浅見さんに、「本当にそんなことも気付いてないの?」と言いそうになったが、黙るべき時と恋愛の術《すべ》を知る私は、

「そんなことない。浅見さんは素敵だよ」

と優しくキスをした。


「どう、早川。だいぶ学校には慣れた?」

　体育講師の松井が言った。

「はあ。何とか」

昔は当然のように聞き流していたが、スポーツから離れてみると、たいして親しくもない人間に呼び捨てにされるのはとても不愉快だった。体育会系のノリ。

「文芸部とか、だるいだろ？」

「いや、それほどでは」

「俺はサッカー部だから、部活でストレス発散できるし、毎日、授業で身体動かしてるからいいけど、早川もたまには運動しないとなあ」

「そうですね」

「早川って、学生の頃何をしてた？」

不思議なことにスポーツをしている人間は、みんな学生時代に何らかのスポーツをしていたと思っている。

「バレーです」

「今はやらないの？」

「特には」

「そりゃもったいない。絶対やったほうがいいぞ。身体は動かさないとすぐにだめになる。スポーツをしてると気持ちだってリフレッシュできるしな」

スポーツが偉大なことだと勘違いしている。スポーツだってプロとしてやっていないんだったら、読書や音楽鑑賞と一緒。その程度のことなのよ。と言ってやりたくなる。少し文学に染まってしまっているのかなあ。私はそんなことをぼんやり考えながら、松井の話を聞いていた。

「勉強は進んでる?」

「採用試験の?」

「もちろん。それしかないだろ?」

松井はもう二十八歳で、毎年試験を受けては落ちているらしい。

「ええ。進んでます」

「普通はそういうことは謙遜《けんそん》して、あんまりできてないって言うもんなんだぜ」

「そうなんですか。気をつけます」

「お前って変なやつだな」

「お前?」

私はあからさまに嫌な顔をした。

「ごめん、そんな顔すんなって」

職場に教師は三十人以上いるが、二十代の人間は私と松井しかいない。そのせいか松井はいつもあれこれと話しかけてくる。だけど、私はどうしても松井が好きになれなかった。相手の反応など無視した、豪快なしゃべり口調にはついていけなかった。しかし、松井は生徒には人気があった。ちっとも男前ではなかったが、女子生徒も男子生徒も彼に好意を持っていたし、体育の授業はいつも楽しそうだ。

一学期最後の部活動の時間、垣内君は私に小さな包みを差し出した。

「何これ？」

「見てのとおり、お守りです」

「それはわかるけど、どうして私が垣内君にお守りをもらわないといけないの？」

「この神社は智恵の神様をまつってるんですよ。それを持っていれば、採用試験に有利でしょう」

「いいわよ、別に受からなくたって。自分に使えば？　垣内君こそ受験生でしょう？」

「先生、先生になるのでしょ？」

「まあそうだけど」

成り行き上採用試験を受けるだけで、私は教師になる意欲はほとんどなかった。だけど、学校の場でそれを言ってはおしまいだ。だから適当に言葉を濁しておいた。

「なったらどうですか？　講師は先生に似合わない気がする」

「どうして？」

「講師って一年経ったら仕事がなくなっちゃうんでしょ？　ちょっと悲惨です」

「それはそれでいいじゃない。また違う学校に行ってもいいし、違う仕事してもいいしって考えると楽しいじゃない」

何年も同じ学校でこんな仕事をすると思うと窮屈だ。それに同じ学校に何年もいたら、どうしたって生徒と密になってしまう。それはきっと面倒だ。

「先生はそういう行き当たりばったりな性分じゃない気がするんですが。もちろん僕の勝手な見解ですが」

垣内君が遠慮がちに言った。

「確かに昔の私はそういう性分だったかもね。どんなことにだって、もっとちゃんと打ち込む人間だった。だけど、もう大人だからちょっと違うんだ」

「昔の私って、先生まだ二十二歳でしょう」

垣内君が笑った。

「まあね」

「きっと、今の先生にはその昔の性分がいやってほど残ってますよ」

垣内君はそう言うと、お守りを強引に押しつけた。

5

夏休みに入ると、さらに拓実は頻繁にやってきた。

「そうたびたび来られると、うっとうしいんだけど」

「いいじゃん。夏休みなんだから」

「いいことないわよ。学生は休みかもしれないけど、大人は違うんだからね」

驚いたことに教員には夏休みも仕事があった。部活がある教師はいいけど、文芸部は夏休みは休業しているから、私は退屈でならない。

職員室での仕事は信じられないくらい苦痛だった。書類の整理や一学期の総括作り。

それに比べたら、授業や部活のほうがよっぽどましだ。そう思うと授業ができる二学期が待ち遠しかった。

「五日ほど泊まるから」

拓実が勝手に決めて言い放った。

「嘘でしょう。五日もいるの？」

「本当。いいじゃん」

「どうしてそんなに長居するのよ」

「将来海のそばで暮らすから、そのシミュレーションのためにね」

拓実は鞄を開けて、自分の荷物を整理し始めた。といっても、拓実の鞄はすごく小さなもので、五日分の用意などとても入っていない。いつものことだが、拓実は人のものを平気で使う。私が浅見さんのために揃えた部屋着だとか、下着だとか、使用頻度は拓実のほうがずっと高い。さすがに歯ブラシだけは自分の物を使えと止めたが、拓実はそういうことにまったく頓着がない。

「だったらどこかに部屋とって泊まりなよ。この辺の民宿だったら、安いところあるだろうし」

「どうしてそんな無駄なことをしなきゃだめなんだよ。こうやって血の繋《つな》がった実の姉の家があるというのに。まさか、不倫相手が来るから追っ払おうとたくらんでる？」

「そういう言い方やめてってば。不倫相手じゃなくて、彼氏とか恋人って言ってちょうだい」

「じゃあ、その不倫相手の彼氏もしくは恋人と、弟とどっちが大事？」

「愚問。どうしていちいち答えが決まってること聞くの？」

「確かに愚問だな。答えはどうであれ、俺はここに泊まるんだからね」

拓実がにやりと笑った。

「まったく。いつも自分のペースを押しつけるんだから」

私は拓実を追い返すことを諦めて、拓実が持ってきたお土産のくず餅を口にした。くず餅は透明で餡が透けていて見るだけで涼しい。餡は少し甘すぎたけど、夏にぴったりのお菓子だ。居座ることが決まった拓実はかいがいしく冷たい緑茶をいれてくれた。和菓子には緑茶、洋菓子には牛乳がたくさん入ったコーヒー。それが我が家のおきまりだった。

「あんたってなにげなく、私達を邪魔しに来てるの？」

「まさか。俺は大賛成だよ。姉ちゃん、不倫ぐらいしたほうがいいってずっと思ってたぐらいだから」

拓実もくず餅をつるりとほおばった。

「何よそれ」

「それくらい、いい加減なことしたほうが、身体にいいかなって」

「不倫が身体にいいなんて初めて聞いたよ」

「でも、ほら、姉ちゃん昔より健康になっただろう。チョコレートとか、唐辛子とかへっちゃらになったし」

拓実の言うとおり、私の身体は昔よりずいぶん丈夫になった。アレルギーを起こす物も減ってきた。だけど、それは環境の変化のおかげに違いない。少なくとも、不倫の効果ではないはずだ。

「それに、今の姉ちゃんには不倫ぐらいがちょうどいいよ」

「ちょうどいいって？」

「重くないし、深刻じゃないからさ」

拓実は緑茶のグラスをカラカラ音を立てて回した。濃くいれた緑茶に氷が溶けてとてもきれいな緑になる。こんな美しい色の飲み物、他にないと思う。

「子どもねえ。不倫はすごくパワーを使うのよ。自分以外の女の人と暮らしている男の人を愛するのよ。並大抵の精神力じゃできないことなの」

「でも、結婚しなくていいし、将来を考えなくてもいいし、嫌になったら簡単に終われるだろ。全て受け容れなくっていいって気楽じゃん」

確かにそうかもしれない。私は真剣に浅見さんを愛してはいるけど、浅見さんと結婚したいとは思わない。浅見さんが奥さんと離婚する気がないのを知っているし、離婚してほしいとは少しも願わなかった。ただ一緒にいればそれでよかった。一緒にいられるだけで幸せだと思えた。それ以外のことのない恋愛は気楽なのかもしれない。

「まあ、完全復活したら、本腰入れて恋愛すればいいじゃない」

拓実が言った。

拓実は五日どころか十日以上居座った。

「すばらしいねえ。知ってる人のまったくいない場所っていうのは。変な格好でも全然平気だもんな」

拓実は短パンとTシャツに、子どものような麦わら帽子をかぶって毎日ご機嫌に浜辺へ出かけていった。

もちろん、何度か浅見さんとも出くわした。今まで拓実が来るのは週末だけだったから、顔を合わせる心配はなかったけど、これだけ滞在されるとどうしようもなかった。浅見さんは弟が来ていると知ると、戸惑った顔をしたし、私だって二人を会わせるのはなんとなく面倒だった。だけど、私の部屋以外に私と浅見さんが過ごせる場所はなかった。

意外にも浅見さんと拓実はすぐに馴染んだ。拓実は主義や主張がほとんど滲み出ていない存在感のない人間だから、すぐに誰とでも親しくなる。それが姉の不倫相手であっても、何ら問題はなかった。

「二人ってそっくりだねえ」

浅見さんが言って、私達は揃って驚いた。昔から親戚にも近所の人にもちっとも似てない姉弟だと言われていた。好きなものも嫌いなものも違うし、時間の過ごし方も人との距離の取り方も違う。それでも、私達姉弟が仲がよかったのは、拓実が寛大で優しいのと、私がバレーボール以外には関心がなかったからだ。

拓実が帰る最後の日、三人で食事をした。拓実が家に戻ることを告げたら、浅見さんが食事会でもしないといけないと言い出したのだ。拓実はこれからも嫌ってほどやってくるのよと言ったが、浅見さんは店でケーキまで焼いて持ってきてくれた。

「何か誕生日みたい」

私と拓実が、丸い大きなショートケーキに感嘆の声を上げた。浅見さんの作るケーキは大きな物であっても、シンプルな物であっても、隅々まで丹誠《たんせい》が込められた美しさがある。

「拓実君、メロンが好きだって言ってたから」

浅見さんが照れくさそうに言った。

メロンがたくさん載ったショートケーキには、「さよなら拓実君」の文字までデコレーションされていて、私達姉弟はちょっと笑ってしまった。

「早く食べよう」

拓実はそう言ったが、デザートはご飯の後だと浅見さんは譲らなかった。お腹がいっぱいになってもおいしく食べられる。浅見さん曰く、それが本当のデザートらしい。小麦粉にも卵にもたくさん空気を含ませて作る浅見さんのケーキは、いつ食べてもいくらでも食べられた。

夕飯はロールキャベツにした。浅見さんは挽肉が好きだし、拓実はキャベツが好き。二人の好物を作った。

朝からじっくり煮込んだロールキャベツを前にして、浅見さんが言った。

「清ってやっぱりすごくいい女だな」

「なにが」

「ロールキャベツ。パスタで結んである」

浅見さんはロールキャベツを留めていたパスタを箸で引っ張ってほどいた。

「普通ロールキャベツって、ベーコンを巻いて、端っこを爪楊枝で留めてあるだろ？でも爪楊枝って危険じゃん。もし俺が女だったら、好きな男に食べさせるものにあんなとがったものは使わないな。でも、ベーコンだけだとすぐにほどけてしまう。たまにかんぴょうで結んでるのがあるけど、あれはだめだよなあ。かんぴょうがロールキャベツに合うわけがない。そう考えるとスパゲティで止めるのはベストだよな」

「それは姉ちゃんがベーコン食べられないからだよ」

感心している浅見さんに拓実が告げ口した。残念ながらそれが事実だ。

「そっか。なるほどね。でも、こういうことって大事なんだよな。昔、俺がかなり惚れていた女の子に手料理をご馳走になったことがあって、それがロールキャベツだったんだ。そう言えば、なぜか女ってよくロールキャベツを作るよな」

「ロールキャベツだと野菜とお肉が一緒に食べれてバランスがいいもんね」

拓実が的はずれなことを言うのがおかしかった。好きな人に料理を出す時、あまり栄養価は気にしない。失敗が少なくて、手が込んで見えればいいのだ。

「まあ、それはいいんだけど、なんとそのロールキャベツが、輪ゴムで止めてあったんだ。輪ゴムだぜ? いい所のお嬢様だったから、料理なんてしたことなかったんだろうけど、味はともかく、食べ物に輪ゴムってことが受け付けなくて一気に冷めたね。料理に対する感覚って大切なんだよ」

拓実は浅見さんの話に大笑いしてから、

「でも、キャベツに輪ゴム巻いちゃうなんて、俺だったら惚れ直しちゃいそう。その思い切りのよさは引かれるよね」

と言った。

拓実は昔から変な女の子とばかり付き合っていた。漫画研究部の部長を務めるとんでもなく太った女の子とか（どうやったらそれだけ太れるのか知りたかったらしい）、帰国子女だとか駅でスカウトされたとか見え透いた嘘ばかりついてる女の子とか（毎日嘘を聞けたらテレビや漫画を読まなくても楽しめるから）。そして、いつもちゃんと彼女達を愛していた。

「でも、中身が鳥肉っていうのがなあ」

さんざんほめていたくせに、浅見さんが愚痴《ぐち》った。

6

教員採用試験はとても風変わりだった。何回も試験を受けているのだろう。年をとった受験者は難なくこなしていたが、模擬授業や集団討論や面接、そのどれにも私はあたふたしてしまった。

面接では、質問内容自体、理解できないものがほとんどだった。茶髪の生徒が来たらどうするのか。いじめが起こったらまず何をするのか。生徒の学力を保証するためには何が必要か。本当に教師になろうという意欲がなければ答えられないものばかりだった。私は首を傾げて考えている振りをすることしかできなかった。

見ず知らずの人と意見を交わし合う集団討論は面接以上に困難だった。熱く盛り上がる討論の中で、私が何とか言った言葉は、「私も同じように思います」と「そのとおりだと思います」の二つだけだ。

模擬授業では、くじ引きで自分がやる授業のテーマを決める。他の受験者が生徒役をするのだけど、それは授業というより、即席コントみたいだった。

私が引いた授業テーマは、「体育祭が当日、大雨のため中止になりました。担任として生徒に的確な指導をしなさい」というものだった。こんなの授業じゃなくてただの連絡だし、これで十分間も授業をするなんて至難の業だった。懸命に粘りに粘ってみたが、三分で終わってしまった。そんな連絡、本当は三十秒で終わりそうになったくらいだ。

試験を受けてわかったこと。それはただ一つ。私には教師の素質はないということだった。

ところが、信じ難いことに合格通知が来た。詳しいことは三月までわからないのだが、試験に通ったってことは、どこかの高校で働くことになる。松井は落ちて、私は通った。試験官は何を見ているのだろう。人物重視のテストだ、と試験の要項に大きく書かれていたが、恐ろしくいい加減なテストだ。勉強したから筆記はよくできたと思う。でも、面接や模擬授業はひどかった。私の何を見て、どう判断したのだろう。

嬉しくも悲しくもなかった。ただ、来年から高校で働くことになるかもしれない、と思うだけだった。嫌なら断ればいいとさえ思っていた。

「おめでとうございます」

お守りをもらった関係上、二学期の初めの部活で合格の報告をすると、垣内君は喜んだ。

「どうも」

「何ですか。その、『私は受からなくてもよかったのよねえ』という感じのふざけた態度は。そんなことでは嫌われますよ」

垣内君の口調に笑ってしまった。

「そういうんじゃないんだけど、この結果でいいのか悪いのか実感がなくて」

「大丈夫ですって。三年後、先生きっとよかったって思いますよ」

「三年後って何それ?」

「三ヶ年予報です」

「は?」

「ほら、天気予報でも三ヶ月の予報立てるでしょう。それと一緒です。一年先のことなんてよくわかんないけど、三年くらいの単位で考えると、わりとイメージしやすいでしょ」

一年後のこともわからないのに、三年後のことなんてもっとわからないと思ったけど、なるほどねと頷いておいた。

松井は自分から、「おめでとう」と声をかけてきた。

「ありがとうございます。先生は残念でしたね」

「ああ。がんばったんだけどなあ。ま、また俺は来年受けるし」

「そうですか」

「結局、お前みたいな色のないやつが受かるんだよな。教師集団の中では、お前みたいなやつのほうが、熱血なやつよりずっと扱いやすいから」

本当に。私もそう思う。それ以外に合格した理由は思いつかない。

「負け惜しみですか」

「まあな。でもいいじゃん。俺は何年でもがんばるけど、お前は正職員にでもならないと、あっさりと講師やめちゃうだろ？　これからが面白いのに。だから本当によかったって思うよ」

松井は快活に笑った。


「そりゃすごいじゃん。お祝いしないとな。何がいい？」

浅見さんは単純に合格を喜んでくれた。

「別に何もいらないけど、どっか行きたいな」

「どこか行きたい」というのは、最近の私の口癖だ。

「行こう行こう。どこにする？」

浅見さんは簡単にそう言うけど、私達は結局どこにも行けなかった。田舎というのは都会で暮らしていた時には想像もしていなかったが、恐ろしく狭い世界だ。どこに行っても知り合いに会い、いつも誰かに見られていた。私達はいつもこの部屋で大差ない話をして、愛し合って別れる。その繰り返しだ。

「あ、ごめん」

浅見さんの携帯が鳴った。由布子《ゆうこ》さんとの仲があんまりうまくいっていないことを聞かされていても、私はそれが嘘だとちゃんとわかっていたし、それでいいと思っていた。だけど、二人が通じ合っている場面に出くわすとどうしようもなく参ってしまう。

携帯にかけていると無意識に声が大きくなるせいか、聞こうとしなくても、電話越しの由布子さんの声が明確に聞こえた。

サンドイッチを作ってたんだけど、マヨネーズがないことに気付いた。帰りにどこかで買ってきてほしい。

そういう内容だった。夕飯にサンドイッチかと私は変なことに感心した。サンドイッチなんていうものは朝食にしか食べないものだと思っていた。サンドイッチとかスパゲティとか、家族の夕飯では食卓に載らないようなものを、愛し合っている二人だと普通に食べたりするようだ。

面倒だから嫌だとかごねていたが、結局浅見さんはマヨネーズを買うことを了承して電話を切ると、今の時間でも開いてるスーパーはどこにあるかと私に聞いた。九時まで開いているスーパーは二軒ある。だけど、私は「さあね」と首を傾げた。

私はマヨネーズが嫌いだ。アレルギー体質だから、食べられないものはたくさんある。食べられるかどうかではなく、マヨネーズは自分の好みで嫌いな唯一の食べ物だ。私に向いて吐き出される彼の甘い言葉も信用していたが、彼が由布子さんを愛しているのも知っていた。だけど、マヨネーズを買うために慌てて帰る浅見さんにどうしようもない気持ちになった。電話を切る時の「じゃあね」って言う浅見さんのいつもよりほんの少し甘い声にたまらない気持ちになった。

浅見さんが帰った後、夕飯にスパゲティを作った。

鮭とほうれん草ときのこをいためて生クリームを加えて、塩コショウをしてスパゲティにかけた。こういうのがたぶん好きな人のために作る料理なんだろう。栄養価とかバランスとかより、しゃれた感じを重視したメニュー。まずくもないし、簡単にできて、簡単に食べられる。

だけど、スパゲティは冷めるとぱさついてちっともおいしくない。すばやくさっさと食べないといけない。本当は好きな人と食べるのに向かないのだ。私は勢いよくスパゲティを口の中に放り込んだ。

7

「死にそうなんだけど」

九月末の図書室は未だに夏のような陽射しがしっかり入り込んで、異常な暑さだ。窓の外では海が太陽の光を存分に受けて、はっきりときらめいている。遅い夏休みを楽しむ人達のカラフルなヨットや舟、何種類もの鳴き声が混ざり合った蟬の声、山を隙間なく覆う濃い緑、新人戦に向けてテンションが上がる運動部のかけ声。どれもこれも暑さを助長させる。垣内君の下敷きを奪い、終始扇いでいるが、いっこうに涼しくならない。

「暑いと思うから暑いんですよ」

垣内君はさらりとした顔で言う。

「だって、暑いものは暑いの。真実は一つなのよ」

「そうですか。仕方ないですね」

「仕方ないっていい加減ねえ。もっと真剣に部活動のことを考えてよね。あ、そうだ！ ほら、部活動の予算ってあったでしょ？ あれまだ使ってないよね」

「ええ。そのままですよ」

「あれで、クーラー買おうよ。涼しかったらもっと活発な活動ができるでしょ？ 絶対いいと思うな」

「いいですね。でも残念ながら、部活動費は八千円なんです。八千円じゃクーラーは買えませんよね」

「八千円？ 何よそれ。野球部やバレー部は何万ってもらってるのに」

「部活動費は人数に比例してるから仕方ないです。我慢しましょう」

垣内君は夏生まれで暑さに強いようだが、冬生まれの私にはこの暑さは耐え難い。身体中から汗が滲んで、洋服がべったり張り付いて気持ち悪かった。

「何かいい方法ないかなあ……。家の扇風機でも持ってこようかな。でも、それも重いし面倒だしなあ。そうだ！　垣内君そうやって死んだ人のことばかり調べてないで、詩とか書いたら？」

「詩ですか？」

「そう、詩！」

「詩を書くこととクーラーとどう関係があるんですか？」

「詩を書いて、売りに行くのよ。最近、都会では道ばたで普通の姉ちゃんや兄ちゃんが自分で書いた詩を売ってるんだって。垣内君もやればいいのよ。それで、そのお金でクーラーを買うの。元手はただなんだもの。すぐにお金が貯まるわ。ね。いい考えでしょ？」

ニュースやワイドショーでその話を聞いたことがあるし、実際、街で買物をした時に、自作の詩や絵を売っている若者を見かけたことがある。

「詩人でもない人が書いた詩が、簡単に売れるんですか？」

「それが売れるんだって。ほら、人生は厳しいけど、君は一人じゃなくて、誰だってみんな本当は弱くて、僕はいつだって君の味方だよ。みたいなことをしゃれて書いたら絶対ヒットするよ」

私が興奮気味に言うと、垣内君がけらけら笑った。

「何よ」

「先生のそういうところ、僕は素敵だと思います」

「へ？」

「国語教師としてセンスがあるって思う」

「何それ」

「さあ」

その日の文芸部の活動ノートには、リクエストどおり垣内君の詩があった。


雑草は、強いと言いますが、どうしてでしょう。

彼らだって弱い部分があるはずです。

「踏んでもすぐ立ち直る」

「愛情をかけなくても強く生き抜く」

かわいそうです。

見ていられません。

聞いていられません。

僕は彼らの弱い心を見つけられるそんな大人になりたいです。


道ばたではさっぱり売れそうにはなかったけど、面白かった。垣内君を作っているどの部分がこんな言葉を生み出させるのだろうか。垣内君のどういう経験がこの言葉と結びつくのだろうか。そう考えると、興味深く、何回も読み返した。知っている人の紡ぐ言葉は、こんなにも心を打つのかと驚いた。

味を占めた私は、翌日、国語の授業でみんなに文章を書かせることにした。

「だって、教科書ばっかりじゃ面白くないでしょ？」

今の教材である漢文に、私自身うんざりしていたのだ。返り点、置き字、再読文字。中国で居座るわけでもないのに、どうして漢文を読めるようにならないといけないのだろう。

「そんなこと言われたって、突然書けないって」

「絶対無理」

生徒が口々に文句を言った。

「適当でいいって。好き勝手に書いて。横書き縦書きどっちでもいいし、英語でもカタカナでも何でもOKだから」

私は景気よく言った。適当な授業をしていると指摘を受けてはまずいので、一応教材の『項羽と劉邦』にこじつけて、「戦いに勝つにはどうしたらよいのか」というテーマを掲げた。

初めはぶつくさ言っていたが、何行か書き出すと、生徒達はみんな無言で作業にのめり込み始めた。次第に教室は文字を刻む音だけが響いた。人は実はいつも語りたがっている。自分の中のものを表に出す作業はきっと気持ちがいいのだ。

生徒の書いたものは単純に面白かった。もちろん、「こんなことをさせられてとても嫌だ」という不満めいたものもあったし、どこかで聞いたようなありきたりの使い古された言葉が並べてあるものもあった。だけど、きっとどれも十代のこの瞬間にしか書けないものなんだと思うと、とても貴重に思えた。

うまい下手にかかわらず、知っている人の書く言葉はちゃんと心に響く。考えてみれば、浅見さんが毎日くれるつたないメールだって、飽きもせずに何回も読み返している。親しい人が書く言葉はどんなものでも面白い。川端康成と親しくなれば、『雪国』だってちょっとは愉快になるかもしれない。もっともっと文学を面白くするために、垣内君はあんなに懸命に川端康成のことを知ろうとしているのだろうか。

クーラー購入作戦が失敗し、「暑い」と連呼することにも疲れた私は、黙々と作業をする垣内君を放《ほう》って、暑さを解消する方法ばかり考えていた。風の通り道を考えて窓の開け方を変えてみる。濡れた雑巾を窓にかけてみる。残念ながら、どれも効果を上げなかった。

「まだ図書室はましですよ。サッカー部も野球部もあの太陽の下、グラウンドで走り回ってるんですから」

「あれはいいのよ。動いて流す汗は爽快だけど、じっとしてわきだす汗ってじっとりして気持ち悪いでしょう」

「確かにそれはありますね。だけど、雑巾は外してください。僕は暑さより匂いのほうが気になります」

垣内君が顔をしかめながら言った。

「はいはい」

素直に雑巾を片づけた私は、他によい方法がないものかと図書室を見回した。そして、発見した。今まで開けたことがなかったが、図書室の天井には小さな窓がある。確か熱い空気は上にたまるのだから、あの窓を開ければ少しは涼しくなるはずだ。

背が届かないから、机の上に椅子を載せてそこによじ登り、更にほうきの柄を使って窓を開けようとした。すると、突然、垣内君が真っ青な顔をして叫んだ。

「やめてください」

「へ？」

「早く降りて！」

「何なの？」

「危ないじゃないですか！　すぐに降りてください」

「だって、暑いんだもん。窓開けるくらいいいでしょう」

「窓なら僕が開けますから、いいから早く降りてください」

垣内君はそう言うと、椅子の脚をしっかりと持った。

「大丈夫だって、私バランス感覚には優れているから」

「とにかく降りてください」

「何なのよ。これぐらいで騒がないでよ」

「わかりましたから。早く降りてください」

垣内君が必死で言うので、私はしぶしぶ椅子から飛び降りた。垣内君は私が無事に地上に降りたのを確認すると、代わりに椅子に乗って窓を開けた。

「いったい、何なのよ」

「別に」

「別にって、垣内君が窓を開けるのと私が窓を開けるのと変わらないでしょう？　これくらいのこといつもしてるわよ」

「先生がやるとパンツが見えそうだから僕がやろうとしただけです」

「ズボンなのに？」

「そうでしたか。遠くから見るとわかりませんでした」

垣内君は白々しいことを言うと、何事もなかったかのように机に向かった。

「それが異常な慌てようだったの」

「なるほどね。垣内ってそういうことに妙に神経質なところがあるからなあ」

松井は一気にビールを飲み干すともう一杯注文した。

最近、体育祭や文化祭の取組みで仕事が遅くなることが多く、時々こうして学校帰りに松井と食事をした。二人とも一人暮らしだし、学校を出る時にはすっかり空腹だったから、都合がよかった。

海の近くにある料理屋では、おいしいものが安く食べられた。鰺《あじ》や鰯《いわし》などの小さい魚や海草類など、地元で取れるものは何でも新鮮で本当においしかった。

「そういうことって?」

「人が怪我したり病気したりすることにすごく神経質なんだよ。体育の授業でも、目に余る。バスケでもバレーでも、垣内と同じチームになったやつは、やたら念入りに準備体操させられてるぜ」

「へえ。どうしてなんだろうね」

「よくわかんないけど、垣内、中学の時サッカー部のキャプテンで、その時の部員が一人入院したんだ。夏の部活の練習中に突然倒れて。これが結構重病で、そいつ、半年近く入院したらしいよ。そういうことが関係してるんだろう。垣内は高校でもサッカー部に入るべきだって、俺、熱心に勧誘したんだけど、全然だめだった」

「ふうん」

初めて聞く話だった。私は箸を動かすのを止めた。

「もちろん、顧問は責められたけど、そいつが倒れたのは垣内のせいじゃないのにな。練習が厳しかったのもあるけど、入院したのはもともとの病気が原因だろうし」

「だから、垣内君って文芸部に入ったんだ」

「文学はいくらハードに調べても、怪我しないもんな」

松井はけらけら笑った。私も合わせて笑って見せたが、頭の中では体調の悪いことをアピールしてくれたら助かると言ってた垣内君のことを考えていた。

「でも、みんな困惑してる。その入院したやつにしても、仲間達にしても。そこの中学からうちの高校に入ったやつ多いんだけど、みんな高校でも垣内とサッカーできると思ってただろうから。垣内が責任感じるのは勝手だけど、そんなことでサッカーやめられたんじゃ、うっとうしいぜ。だいたいスポーツに怪我やいざこざはつきものだろう？　そんなことでやめたり、始めたりするもんじゃない。垣内はそういうところ弱いから」

松井が言った。

「ふうん」

「何?」

「松井先生ってさ、思ったよりは見どころあるなって思って」

「何それ? 俺に惚れてんの?」

「いいえ。まったく」

私はそう言うと、もずくをお酢ごとつるつる飲み込んだ。実家にいる時は、沖縄産の太いもずくを食べていたけど、この辺のもずくは髪の毛のようにすごく細くて、一気に喉を通り抜けていく。

「早川って酸っぱいもの好きだね。南蛮漬けとかもずく酢とか酢の物とかばっかり食ってる」

「暑いからね」

私はそう言って、ひらめいた。部活動の時にも、酸っぱいもの食べたらいいかもって。だけど、図書室は飲食禁止だからその考えは取りやめた。

8

この辺りは、夏は激しく唐突に終わる。昨日まで布団をけっ飛ばして寝ていたのに、翌日には厚めの布団に潜り込まないと寒くて眠れない。そのきっぱりとした気候のせいか、秋の彩りも美しい。緩やかな温度の低下とともに色を変えていく紅葉とは違い、山はぱっと黄金色に染まる。学校から見える山も、通勤途中に見える木々も、紅ではなく黄色やオレンジに染まる。じっくり燃えるような紅葉ではなく、輝きを放つ紅葉。

目になれし山にはあれど
秋来れば
神や住まむとかしこみて見る

石川啄木の短歌を授業で取り上げた時、生徒は私の何倍も鋭く早く歌の内容を読みとった。何人かの生徒が「わかるなあ」「そのとおりだ」と感慨深げに言うのを、不思議に見つめていたが、秋が来て、それがよくわかった。

実際に秋の山を目の当たりにすればわかる。山には神が住んでいる。単に美しいのではなく、神々しい。すぐ後には厳しく長い冬が待っている。その短い秋をたたえるように、神社では小さな祭りが行われる。田舎の秋はまさに実りの季節だ。

「栗に芋に、秋になると新製品を作らないといけないから面倒なんだよね」

口ではそう言いながらも、食べ物が確実においしくなる秋に浅見さんもわくわくしていた。

秋の美しさに心を奪われる拓実はため息を漏らした。

「こんなにはっきりと秋がわかる所に住むってのはどうなんだろうね。ちょっとくたびれちゃうな。俺には新作チョコの発売やスーパーのキノコフェアで秋を感じるくらいがちょうどいいや」

秋に恐れをなして足が遠のいてくれたらしめたものだが、それでも拓実はせっせとやってきた。

日曜日の夕方、いつものように前の日から泊まりに来て、朝早くから海に出かけていた拓実が重そうに大きなビニール袋を持って帰ってきた。

「イトヨリと鯵と、後は何だったっけ。名前忘れた」

拓実はそう言いながら、袋の中から魚を取り出し、流しに放り込んだ。大小様々な魚が十匹以上入っている。

「こんなにいっぱいどうしたの？」

「それがさ、海を見てたらさ、おじさんが寄ってきて、兄ちゃん最近よく見かけるねえ。どうだ、一緒に釣りに行かないかって誘ってくれたんだよね」

「それで、行ってきたの？　知らないおじさんと？」

「うん。道具も貸してくれたからさ。おじさんの舟小さくて、すごい揺れるんだけど、俺、全然酔わなかったんだぜ。あんな舟に乗るの初めてなのに。すごいだろ？　漁師に向いてるっておじさんが言ってた。しかも、こんなに大漁。今年に入ってこんなに釣れたの初めてだっておじさんも大喜びしてた。俺、本当に漁師になっちゃおうかな」

拓実は自慢げに言った。

「すごいかどうか知らないけど、知らない人の舟に乗るなんて無謀だね」

「知らない人の車に乗っちゃだめだっていうのは聞いたことあるけど、舟は知らなかったから。もうすぐイカがたくさん釣れるようになるんだって。秋イカに白イカに……。俺、来週はイカ釣りに行くから。とにかく、早いとこ食べようぜ。新鮮なうちに。絶対おいしいからさ」

拓実は景気よく言ったが、都会育ちの私達は魚の調理法がわからず、魚を前にして戸惑ってしまった。

「取れたてなんだから、きっと生で食べれるって」

「本当？　鰺はわかるけど、イトヨリっていつも煮付けてなかったっけ？」

「さあ。よく洗えばいいんじゃない？　せっかくだから刺身にしようぜ」

拓実は無責任に言う。

「おなか壊しても知らないよ」

結局、鰺とイトヨリは刺身にして、名前のわからない魚は軽く塩焼きにして食卓に並べた。

「おいしそう」

私達がさばいた鰺やイトヨリは形はすっかり崩れてしまっていたが、身が透けるようで見るからに新鮮なのがわかった。

「かなりうまいね」

鯵もイトヨリも身が締まっていて、歯ごたえがしっかりしていて、とてもおいしかった。名前を知らない魚達も白身であっさりしているのに、磯の味がしみ込んでいた。私達は少しでも新鮮なうちに食べようと、ほとんど話さず、次々と魚を口に放り込んだ。

「でも、二人で十匹はきついね」

ほとんど食べ終わりかけてから、私が言った。

「確かにね。そうだ！　あの不倫相手呼んだら？　あいつ、味にはうるさそうな顔してたから、喜ぶんじゃない？」

「無理よ。日曜日だもの」

「なんだ。つまんないな。せっかくの大漁なのに」

「別にいいじゃん」

今頃由布子さんと夕飯を食べているであろう浅見さんの姿を思い浮かべながら、私は投げやりに言った。

「仕方ないか。楽なことにつまらないものはつきものだもんな」

「そうかもね。それに、こういう雑多なおいしいだけの料理は、きっと家族で食べるのがいいんだって」

「まあね」

結局、私達は二人ですごい量の魚を平らげた。

夕飯後、一度姉ちゃんの働いている高校を見てみたいという拓実を連れて、ドライブがてら学校へ車を走らせた。仕事自体はどうであれ、裏に山、表に海を持つ小高い丘に立つ学校は私の自慢だった。

学校までは海辺を走る。もう日が暮れて、海はひっそりしていたけど、それでも静かに波が立つのが見えて気持ちよかった。きれいさっぱり夏が去った海から吹く風は、さらりとして冷たかった。拓実は窓を全開にして、潮風を浴びまくっていた。

学校の前の道を、自転車が走っているのが見えた。垣内君だ。私は車を止めて、声をかけた。

「どこへ行くの？」

「あれ、先生じゃないですか」

垣内君はにこりと笑って、自転車から降りて近付いてきた。夜のせいか、制服を着ていないせいか、少し大人びて見える。紺のジャージは垣内君に似合っていた。

「忘れ物？」

「いいえ。バスケの練習に行くんです」

「バスケの練習って？　垣内君文芸部でしょ」

「もちろん学校のクラブじゃなくて、地域のバスケットチームの練習に参加してるんです」

この辺りは娯楽施設が少ない分、地域のスポーツが盛んだ。ママさんバレーやバドミントンのチームがいつも学校の体育館やグラウンドを使っている。

「見に行こうよ」

拓実が言った。拓実はどこでも何にでも参加したがる。私もバスケットをする垣内君を見たかったので賛成した。

「お。垣内、新しいメンバーを連れてきてくれたのか？」

垣内君についてきた私と拓実を見て、おなかが出た中年のおじさんが嬉しそうに言った。お調子者の拓実は練習に参加するつもりらしく、ちゃっかりと自己紹介をした。

その太ったおじさんと、体格のいい三十間近の消防士の男性、大学生らしき男の子が二名、すっかり禿げたおじいさんが一名。そして、垣内君、というのが今日のメンバーだった。社会人が多く、全員が練習に集まることはほとんどないらしい。

「まさかあの人もバスケするの？」

私はおじいさんを指して、垣内君にこっそり訊いた。バスケは走ったり飛んだり、スピードと体力がいるスポーツだ。どう見ても、七十過ぎのおじいさんには無理がある。

「もちろん。南さんはキャプテンなんですよ」

垣内君が笑った。

ジーンズをはいていた私は、こんな格好ではできないと断ったが、見てるだけじゃつまらないからとみんなに強引に仲間に入れられた。

「一人でも多いほうが楽しいからね」

おじいさんが戸惑っている私に笑いかけてくれた。

みんな会うのは週に一度だから、ストレッチをしている時もランニングをしている時も終始しゃべっていた。私が所属していたバレー部では絶対考えられないことだ。

文芸部にいる時は黙々と作業しているくせに、垣内君までもご機嫌に話している。

その伸びやかな笑い声を聞いていると、いつだったか、垣内君がふと口にした言葉が浮かんだ。

「面白くなろう、楽しくしよう。そう思ってるんだけど、そう思えば思うほど、僕はだんだんつまらない人になってしまう。難しいですね」

同じ年代の仲間の中にいるのには、垣内君はきっと少し成長しすぎている。それを抑えて、学校にいる垣内君もクールでよかったけど、今の垣内君は開放的でずっとかっこいい。

パス練習をして、シュートとカットの練習をして、その後、拓実と私をふくめて四対四の試合をした。

垣内君は私が想像したとおり、バスケが上手だった。腕から跳ねるようにボールが飛び出す。ぴったりのタイミングでボールの落ちる所に走り込む。糸で操っているかのようにボールを引き込む。長い手足は大きなボールをいとも簡単に操った。

だけど、四対四の試合のほうはかなりひどかった。試合としてまったく成り立っていなかった。みんながシュートを決めまくったし、ボールを落としまくったし、カットされまくった。途中で面倒くさくてカウントするのをやめたが、どっちのチームも百点以上を得点していた。おじいさんは見当違いの所によれよれのパスを投げたし、バスケのルールをいまいち理解していない私は反則ばかりした。拓実は誰と同じチームなのかなかなか覚えられず、味方のパスをカットしたり、敵にナイスパスを送ったりした。だけど、誰も文句を言わなかった。いいプレイを出し続けている垣内君や大学生も、誰がミスをしてもちっとも気にかけず楽しそうに笑っていた。禿げたおじいさんも、中年太りのおじさんも、凛々《りり》しい大学生も、体格のいい消防士も、初心者の私も拓実も、優れた技術を持つ垣内君も。みんなが楽しんでいた。

「どんまい」

「任せて」

「こっち」

みんなの声が体育館に響く。ボールを落とせば、すぐに誰かの励ましの声が飛ぶ。うまくシュートが決まれば、拍手が溢れる。楽しい。それはとても気持ちよかった。この声が、この空気が昔から好きだった。汗を拭いながら、私はそのことを思い出していた。

9

勤労感謝の日、午前中に店を閉めた浅見さんが昼過ぎに来てくれた。浅見さんが店を閉店時間前に閉めることなど今まで一度もなく、私はとても驚いた。

「いったいどうしたの？」

「たまにはどこかに行こうと思ってさ。いつも清の部屋っていうのもよくないから」

急いで来てくれたのだろう。浅見さんの頬も鼻先も冷たい空気をしっかり受けて真っ赤に染まっていた。

「それにしても、途中で店を閉めてしまうなんて……」

「別にいいんだ。それよりデートしよう」

「デートって？」

「デートはデートさ。どこか行こうぜ」

「どこか行くの？」

「うん。今日は清と二人で出かけたいんだ」

「ほんとに?!」

私は本当に嬉しくて、すごくはしゃいだ声が出た。拓実の言うとおり、不倫は楽な部分も確かにある。だけど、気軽に出かけられないのはとても不自由だ。私達は二年以上付き合っているけど、会うのは決まって私の部屋で、今まで三回ほどしかデートしたことがない。デートどころか私がお菓子教室をやめてからは、外で会うこと自体なくなってしまっていた。

「どこに行きたい?」

「えっとね」

わくわくした私の頭の中には一気にいろんな場所が浮かんできた。

「エジプトにピラミッド見に行って、タイで象に乗るのもいいし、浅見さんのお菓子作りの参考にフランスに行くのもいいよね。本場でモンブラン食べよう」

「いいねえ。俺、海外って新婚旅行で一度ジャマイカに行っただけだけど、すごいよかった。日本から見える海とは全然違って、海が淡いブルーでさあ。人も土地も時間も、何でも開放的でいいんだよなあ。清ともああいう所に行きたい」

浅見さんは無神経にしみじみと言った。

「どうして今、新婚旅行が出てくるわけ？　浅見さんが一度他の女の人と行った場所なんて絶対行かないよ」

「そっか。ごめん。じゃあ、近場でアジアぐらいにしようか」

「そりゃ行けたらいいけど、近場って言ってもアジアは遠いよ。浅見さん、泊まれるの？」

「いや、まずいね。コンタクトの保存液だって持ってきてないし、泊まるのはやっぱり無理だなあ」

由布子さんにばれることとコンタクトの保存液がないことが一緒に並んでしまう。それくらい浅見さんはとても健康に気を遣う。いつも私の部屋に来ると、抱きしめるよりキスをするより先にまず手洗いとうがいをする。私がコンタクトレンズの保存液を三日に一回くらいしか替えないという事実を話した時、発狂していた。

「じゃあ、北海道とか沖縄は？　今は交通が進んでるから、やる気になれば日帰りできるよ。パスポートもいらないし、英語もしゃべらなくていいしね」

私は少し現実的な提案をした。

「うん。いいね。北海道で蟹食うか、沖縄でソーキそば食うか。どっちも捨てがたいな」

「だったら、両方行っちゃう？」

私が顔をのぞき込みながら言うと、浅見さんは小さくため息をついてから「でも八時には帰らないといけないんだ」と告げた。

両方どころか、それでは九州だって行けない。本当はそんなこと私だって最初からわかっているけど。

「そっか。だったら、あんまり遠出は無理だよね。じゃあ、どこかなあ。あーそこらじゅう行きたいのに、いざとなると全然うまく思いつかない」

浅見さんと出かけられないことがわかっていても、私はよく、二人で行くならこういう所がいいって考えていた。近場の遊園地とか、ちょっとした眺めのよい公園とか、二人で行くのにぴったりな場所をチェックしていた。なのに、本当に行けるとなると、どこがいいのかちっとも考えつかなかった。きっと、こんな機会はめったにない。それどころか、二度とないかもしれない。そう思うと、どこへ行くのがいいのかわからなかった。

「こうやって考えてるうちに、時間がどんどんなくなって、結局どこにも行けなくなってしまうんだよねえ」

すっかり焦って、私の頭はパンクしそうだった。

「そうだなあ。じゃあ、フランスにも北海道にも、ジャマイカにも沖縄にも、いっぺんに行った気になれるところに行こう」

浅見さんが提案して、私達は空港へと出向くことにした。

高速を飛ばして、海沿いの新しい道路を二時間ほど走ると、空港に着く。海を埋め立ててできた空港は、まだ新しいせいか、大きな敷地のせいか、人がたくさんいるはずなのにしんと静まりかえっていて少し気味が悪かった。

「未来都市みたいだね」

窓から景色を眺めながら、私は言った。あまり色のない建物が並ぶ街は、無機質で現実味がなかった。浅見さんは空港に続く道の通行料が二千円もかかったことをいつまでも怒っていた。

あいにくの曇りで空港が見える展望台はガラガラだった。小さい子どもを連れた家族が二組と、若い恋人同士が三組。後は大きなカメラをかかえた飛行機マニアの人がいるだけだった。それでも、たくさんの飛行機を見ると、興奮した。普段見慣れないものを、直《じか》に見るのは面白い。

「でかいなあ。あんなのが空飛んじゃうんだって、なんかすごいよな」

「あんなのでちゃんとアメリカまで行けるのかなあ」

「そりゃ行けるだろう。道路を走るより、空を飛ぶほうが安全らしいよ」

私と浅見さんは、展望台の柵に寄り掛かって飛行機を眺めた。ずっしり重そうな飛行機が飛び立つ姿は、曇り空のせいでなおさら頼りなく思えた。

「そういえば、昔、俺ってパイロットになりたかったんだ」

浅見さんが雲の中に消えていく飛行機を見上げながら言った。

「そうだったんだ。どうして？」

「飛行機が好きだったから」

「浅見さんらしいね。でも、結局はケーキ屋さんになっちゃったんだ」

「うん。途中で飛行機よりケーキが好きになっちゃったからな」

「はは。簡単な理由。でも、あまりにもスケールが違うねえ。飛行機とケーキって」

「もちろんケーキのほうがでかいんだろ？」

浅見さんに脅されて、私は「そうだよ」と答えた。そりゃ、飛行機のほうがでかい。スケールだって大きさだって。だけど、ケーキでいいのだ。浅見さんにとってはそれでいいのだ。なのに、浅見さんは妙に現実的なことを言い出した。

「世界を巡る飛行機から、茶の間へ直行するケーキへ。成長すると自分の世界がわかってくるのかなあ。昔は自分にだって乗れるはずだって思ってたから、飛行機が好きでパイロットに憧れてた。子どもの頃は何だってできるって思えて、何だって大好きになれたけど、そのうち、自分の特性みたいなのが見えてきて、飛行機になんて乗れないことがわかってしまう。そうなると、ギターとかケーキとか自分で動かせる範囲のものを好むようになっちゃうんだよな。そうして、好きなものもできることもどんどん削られていくんだ」

「何それ？　それで残ったのがケーキってこと？」

「そうじゃないけど。年取ると自分のできることとできないことがわかってくるってこと」

「おじさんみたい」

「おじさんだよ、俺は」

「そんなこと言っちゃだめだって。浅見さんはいつもかっこよくないと」

私がそう言うと、浅見さんはそんなこと言ってくれるのは清だけだ、と私をそばに引き寄せた。広い場所でそばに感じる浅見さんの感触は、家の中で感じるすっかり馴染んだ浅見さんの感触とは全然違う。こうして外で並んでいると、ちゃんと恋人だと思えた。

「天気悪いと、飛行機もすぐ雲に隠れちゃうからつまんないな」

浅見さんは飛行機を見ることにすぐに飽きてしまった。だけど、私はこうやって並んでいることが嬉しくて、飛行機が離陸するたび、興奮した。

きれいなマークの付いたカナダ行の飛行機が飛び立って、小さい子どもがいってらっしゃいって、大きく手を振った。見ず知らずの人にまで見送られる。そういう旅立ちっていいなあ。私は飛行機で飛んでいく人達を羨ましく思った。

「いつかああやって、飛行機に乗って絶対どこか行こうね」

カナダ行の飛行機が、雲に隠れて見えなくなるまで見送ってから私は言った。

「そうだなあ」

浅見さんはぼんやり空を見つめたままで気のない返事をした。

「そうだなあって聞いてる？」

「うん。聞いてるけど」

「だったら、もう少しちゃんと返事してよ。一緒にどこかに行きたくないの？」

「行きたいけどさ」

「行きたいけど何？」

「行きたいけど、絶対無理だってわかってるから」

「そんなことに絶対なんて、つけなくていいよ」

「うん。ごめん」

「別に謝らなくてもいいけど」

　よくよくわかっていることだけど、いちいち明文化されるとすごく空しくなる。絶対どこにも行けなくても、一緒に飛行機に乗るなんて無理な話でも、きっと行こうねって言ってくれればそれでいいのだ。

　私がそう言うと、浅見さんは「でも、本当に無理だから」と正直に言った。私は突然ものすごくつまらなくなった。あんなに大きくて面白かった飛行機がただの鉄のかたまりに見える。どの飛行機がどこに行こうと、何の関係もないのに、どうして首を曲げてまで飛び立つのを見送らないといけないのだろう。空港なんて、デパートの駐車場を眺めているのと同じくらい意味がないなと感じた。

帰りの車の中で、

「そうそう、由布子さんが妊娠したんだ」

と、浅見さんがいかにも今思い出したかのように打ち明けた。

「え?」

「だから、子どもができた」

しばらく浅見さんの言っていることの意味がわからなかった。

「どうして?」

「どうしてって、妊娠した」

浅見さんと由布子さんは夫婦だから、子どもができるのは当然なことで、何の不思議はない。なのに、ちっとも腑に落ちなかった。どういう風に考えたら理解できるのかわからなかった。

「いつ?」

「二ヶ月ほど前にわかったんだけど。ごめん。なかなか言い出すタイミングが見つからなかった」

「そうじゃなくて、いつ？　いつ生まれるの？」

「来年の春頃になるかな。今、もう六ヶ月なんだ」

半年前。確実に浅見さんと由布子さんは愛し合ったのだ。その頃、私は何をしていて、何を考えていて、浅見さんとどんな話をしていたのだろう。

「ごめん。俺が悪いんだ」

「悪いって何が？」

「嫌な思いさせてしまって」

浅見さんがそう言って、私の頭に触れた。

浅見さんが悪いのだろうか。私はかわいそうなのだろうか。よくわからなかった。ただ、今日のデートは楽しいデートじゃないと思った。どこかに行きたいという願いが叶ったという気持ちは裏切られたと思った。

「たまにはどこか行こうなんて、おかしいと思ったよ」

私はそれしか言えなかった。

窓の外は雨だ。こういう時には必ず雨が降る。浅見さんの結婚式の日も、山本さんのお通夜の時も、バレーで指を骨折して病院に行った日も、つまらないけんかをして拓実が家出した夜も、こんな風に静かで重い雨が降っていた。

「雨って、昔自分が流した涙かもしれない。心が弱くなった時に、その流しておいた涙が、僕達を慰めるために、雨になって僕達を濡らしているんだよ」

いつか、文芸部ノートに垣内君が書いていた。その時には、あまりに気障《きざ》で笑った。これくらい気障だと道ばたで売れるねって。二人で笑った。だけど、そうだな、と思う。それ以外に、悲しい時に雨が重なる理由が思いつかない。


それでも、私は浅見さんと会った。浅見さんが会いたいと言えば、家に飛んで帰って浅見さんが来るのを待っていた。

まだ浅見さんを愛しているのか、単に恋人がいなくなるのが寂しいのか、わからなかった。だけど、今の私が一緒にいたいと思う相手は浅見さんだけだった。浅見さんに触れている時は寂しくなかった。それだけが私を安心させてくれた。とにかく寂しいのは嫌だった。

私達はあまり話をしなくなった。これからのことも今までのことも、どんなことを話してもわざとらしかった。会って、ただ愛し合う。それだけだ。

浅見さんはずるいし卑怯だ。私も残酷だし不道徳だと思う。だけど、切れなかった。冬の寒さのせいか、会えばいつでも一刻も早く浅見さんと抱き合いたいと思った。身体を合わせている時だけは、愛と呼んでも差し障りのないものがあるような気がして、私達は必死で愛し合った。

だけど、浅見さんと愛し合った翌日は最悪だった。罪悪感やら空しさやらどうしようもない寂しさやらに襲われてとんでもなく気が滅入った。


教師というのは不自由な仕事だ。誰とも会いたくない時でも、たくさんの人間と接しないといけない。

学校に続く道で、登校中の高校生の中に入っていくと、それだけで気が滅入った。いったいこの子達は何が楽しくて声高に話しているのだろう。何が嬉しくてそんなに陽気に歩くのだろう。今の自分に必要じゃないたくさんの人間に囲まれるのは、一人でいる何倍も憂鬱になる。

「何、いつにも増して不愉快そうな顔してるじゃん」

「はあ」

朝から松井の豪快な声を聞いて、私はさらに力をなくした。

「しんどいの?」

「いいえ。体調は万全です」

「だったら、しけた顔すんなよ。教室に行く時は、どんな時もスキップと口笛。それが教師の基本だろ?　な」

口笛を吹きながらスキップで廊下を歩いてる大人はちょっと怖い。だけど、松井はいつも鼻歌を歌いながら授業に向かう。そして、汗を拭きながら清々《すがすが》しい顔をして授業から戻ってくる。根っからの教師なのだ。授業の準備ができてなくて、胃が痛くなりながら教室に向かうことはあっても、鼻歌を歌う余裕は私にはない。

「まあ、はりきって行ってこいや。一時間目はお得だろ?」

松井が私の肩を叩いた。

確かに一時間目は、生徒の集中度がどの時間よりも高い。昼過ぎの授業と比べると雲泥の差がある。だけど、そんなことはどうでもよかった。

昨日、由布子さんの検診があった。浅見さんは、私と愛し合った後で、胎児が順調に育っていること、生まれてくる子どもは男の子だということを告げた。そんなこと報告しなくていいのに。そう抗議すると、浅見さんは本当に困った顔をして、どうしたらいいのかわからないんだ、と言った。黙っていたら清を裏切ることになるし、本当のこと話しても傷つけるしと。私はこれ以上裏切られるのも傷つけられるのも嫌だった。お願いだからもっとうまくやって。そう思った。

昨晩はほとんど寝ていない。昨日の夜も今日の朝も何も食べていない。頭もおなかも空っぽだった。朝から四十人近い高校生を前に話す気力はどこにもなかった。二年生の国語はちょうど新しく『方丈記』に入った。次の授業でみんなで確認することを告げ、今日一時間は、自分自身で現代語訳をつける作業に充てた。

昨日の雨のおかげで、窓の外の景色はいつも以上に澄んで美しい。冬を間近に迎える空気は乾燥して余分なものを含まず、海面もくっきりと見える。この辺りの天気は変わりやすく、毎日向こう側の岬の見える量が違う。雨の次の日は半島の細かい地形までが見て取れる。いつだったか、図書室から海を眺めながら垣内君に訊いたことがある。

「あの半島は何ていうの？」

「どれですか?」

「ほら、いつもはあんまり見えないけど、今日は見えてるでしょ。あの向こう側の出っ張ったやつ」

「さあ、ちょっとわかりません」

「わからないって、垣内君、子どもの頃から、ずっとここに住んでるんでしょう?」

「ええ、そうです」

「だったら教えてよ」

「そうですねえ。……じゃあ、バルカン半島です」

「嘘ばっかり」

「そしたら、きっとスカンジナビア半島に違いありません」

「垣内君って嘘つきだったのね。どうしてすぐわかる嘘をつくのよ」

本当に半島の名前が知りたかった私は、不機嫌に言った。

「嘘つきだなんて人聞きの悪いこと言わないでください。こんなにすぐにわかること、嘘のうちに入りません。嘘として成り立っていないんだから、嘘と言えないでしょう」

「何よそれは」

「気付かないように相手を騙すのが嘘つきなんです。先生はちっとも騙されていないし、こんな半島の名前を間違って知ったところで、先生何も困らないでしょう」

垣内君がそう言い訳をした。

私は浅見さんに騙されているのだろうか。私は由布子さんを騙しているのだろうか。だいたい私と浅見さんの関係自体、嘘なのだろうか。まじめに考えれば気が重くなるだけだ。どうせ今の私には答えを出す気など、さらさらないのだ。本当は初めからよくわかっている。私は確実に誰かを裏切っていて、自分をお座なりにしていて、ただ、浅見さんと一緒にいる心地よさに甘んじているだけだ。だけど、それだけでもない。そこには考えてもわからない、どれだけ考えても仕方のないことが存在している。きっと、それが私を引き留めている。

生徒は黙々と作業をしていた。その姿を見ていると、せっかくの授業時間を無下にしたみたいで、少し後ろめたい気持ちがした。だけど、誰もそんなことは気に留めているようではなかった。いつもと変わらない様子で古語辞典を引いたり、本文をノートに書き写したりしている。私の授業なんて、自習だろうがどうだろうが、たいして変わらないのだろう。

たくさんの生徒はごまかせても、一対一となるとそうはいかなかった。

「先生」

いつも黙々と作業をしているくせに、今日に限って垣内君が声をかけてきた。

「何？」

私はぼんやり外を見ていた視線を、垣内君へ向けた。

「教えてもらいたいことがあるんですが、いいでしょうか」

「いいわよ。文学以外のことなら」

「それが残念ながら、文学のことなんです」

「だったら無理。文学に関することだったら、明らかに垣内君のほうが、私より詳しいじゃない」

「だけど、先生は文芸部の顧問でしょ」

「どうやらね。でもわからないものはわからない」

「顧問はわからなくても、自分の見解を言っておけばいいんです。バレー部の西野先生はまったくバレーをしたことがないんですよ。でも、部員はみんな西野先生の言うことを聞く。顧問ってそういうものでしょう。生徒は明らかに断言してくれる人間がほしいのです。先生ももっともらしい顔で、それらしいことを言えばいいんです。それに、僕はただ先生の考えが聞きたいだけですから、気軽に答えてください」

「どうしてこの話にバレー部が出てくるのよ」

「わかりやすく例を出しただけですが」

垣内君は時々私の心を探るようなことを言う。そして私の心は彼の言葉にきちんと動じてしまう。

「わかったわかった。答えるわ。いったい何?」

「今、『さぶ』という作品について考えているのですが、『さぶ』の主人公は誰なのか、僕にはいまいちわからないのです。先生の見解を聞かせてください」

「『さぶ』って同性愛者専門の雑誌でしょ? 筋肉質のホモが主役じゃないの?」

「いいえ。『さぶ』は山本周五郎の小説です」

垣内君は私が下世話なことを言っても、ちっとも動じなかった。

「ふうん。じゃあ、考えてみる。えっと、そうね。まず、『さぶ』に出てくる登場人物を教えて」

私は一応真面目に考えてみることにした。

「栄二とさぶです。他にも、おのぶやおすえという女の子も出てきます」

垣内君は『さぶ』をパラパラめくりながら答えた。

「なんだ。簡単じゃない。『さぶ』って人名だったのね。だったら主役はさぶでしょう。タイトルになってるんだから。キャンディキャンディの主役がキャンディス・ホワイトなのと一緒だわ」

私は答えがすぐにわかってほっとした。

「ところが困ったことに、全般的に描かれているのはさぶの姿ではなく、栄二の成長なんです」

「でも、さぶだってちゃんと活躍するんでしょう？　だったらさぶが主役でいいじゃない」

私はなかなか垣内君の疑問が解決しないことにうんざりしながら答えた。

「そうなのですが、さぶの活躍ぶりはあまり描かれていません。だから悩んでしまうんです」

「なるほど。でもね、『ドラえもん』を思い出してみて。全般的に描かれてるのはのび太の悪戦苦闘だけど、のび太は主役じゃない。主役はやっぱりドラえもんでしょ?」

「そうですか。よくわかりました」

垣内君はそう言うと、またいくつかの本を広げて作業に取りかかった。

「ねえ」

「何ですか」

「わかったって何がよ」

「先生の見解がです」

なんとなく嫌な心地がした。見くびられた気がした。

その日の夜、私は何年かぶりに読書をした。

『さぶ』は面白かった。泥臭い生ぬるい話で垢抜けないなあって思いながら読んでいたのに、読み進めていくうちに、なぜか私は泣いていた。私が今まで手にした本の中で最も長い話だったが、今まで読んだ本の中で一番簡単に体内に入ってきた。

役人の岡安喜兵衛が「おまえは気がつかなくとも、この爽やかな風にはもくせいの香が匂っている、心をしずめて息を吸えば、おまえにもその花の香が匂うだろう」と栄二に言っていた。さぶはばかみたいに、栄二をずっと見守っていた。栄二は成長し、おのぶもおすえも成長し、時は流れる。だけど、さぶは変わらずにひたすら栄二を見守っていた。私もさぶのように、もっと愚直でいられればいいのに。そう思った。とてもいい話だった。

そして、私は電話をかけていた。

「夜分遅くにすいません」

「本当にびっくりですよ。緊急の連絡かと思うじゃないですか」

垣内君はちっとも驚いていない声でそう言った。

「一応緊急だよ。文芸部にとってはね」

「何ですか?」

「うん。今何時?」

思わず電話をしたものの、時間を確かめるのを忘れていた。ずっと読書に没頭していたから、今、何時なのか全然わからなかった。

「十二時前です」

「うそ。そんな時間だったの？　ごめんなさい。お母さん、いったいなんだと思われるかなあ」

「緊急の連絡網だったと言っておきます。で、何ですか？」

「ああ、そうそう、『さぶ』を読んだのね。うん、面白かった」

「はあ」

「ごめん。それだけなの」

「わかりました。よかったです」

「ごめん。おやすみ」

「はい。おやすみなさい」

電話を切った後、私はもう一度『さぶ』を読んだ。

10

毎月初めの日曜日、私は二時間以上も電車に揺られ、地元に戻る。それは、実家に帰るためじゃない。

海が消え、山が消え、トンネルをいくつもくぐると、車窓から見えるのは、道路と車と背の高い建物になる。木枯らしがやみ、ちらついていた雪が消え、華やいだ街が見える。田舎の冬は厳しく寂しいけど、都会の冬はクリスマスとお正月に向けて寒さとは別にどんどん華やぐ。

「おいっす」

拓実が駅まで迎えに来てくれる。こういうところ、底抜けに優しい弟だと思う。今まで、毎月、五年近く、拓実がついてこなかったことは一度もない。風邪を引いていても、デートの約束があっても、拓実は何よりも優先してくれていた。

「だって、こんなこと一人でするもんじゃないだろ」

「そうかなあ」

「当然。姉ちゃん一人で行くなんて、悲惨すぎる」

私達は駅前の花屋に寄る。十二月の花屋は、アレンジが加えられた暖かい色の花が並ぶ。

「それに、姉ちゃんセンス悪いから。放っておいたら、とんでもない花束になっちゃう。俺が選んだほうが、ずっといい花束ができるからね」

拓実はそう言いながら、花屋に並ぶたくさんの種類の花から、気に入った花を抜いて店員に渡した。適当に選んでいるようなのに、こぢんまりとして、かわいい花束ができる。私はあれこれ組み合わせるのも面倒だから、初めから用意されている仏花を買おうとするが、「そんな辛気くさい花束じゃ女の子は喜ばないよ」と拓実は言う。

墓場までの道は、どの季節に歩いても、とても厳しい。夏はアスファルトが焼けているように暑いし、冬は体中がかじかむ。春の砂埃も、秋の閑散《かんさん》とした空気も耐え難かった。上り坂もあるせいで、ほんの十分の道のりなのに、うんと遠く感じる。

今年の冬は暖冬だというけれど、今日は足の先や指の先がちぎれてしまいそうに寒かった。冷たい風に頬も鼻も紅く染まって、吐く息は白く濁っている。

拓実は歩くことが得意だから、上り坂だろうが、凍《い》てつく寒さだろうが関係ない。この家が改装しただとか、この家の犬が子どもを生んだとか、いろんなことを見つけながらご機嫌に歩く。

「そうそう、木村さんの家の娘さん、年明け早々、結婚するんだって。まだ、十九歳なのに、すごいよね」

「木村さん？　誰それ」

「ほら、この坂の上のオレンジ色の屋根の家の人」

確かに坂の上には大きな庭があるオレンジ色の屋根の家がある。だけど、そこの家の人に会ったことはない。木村さんなんて聞いたことも見たこともない。娘さんが結婚することどころか、娘さんがいることすら知らない。家の前を月に一回通るだけで、木村家の事情など知ったことではない。

「どうしてそんなことを、拓実が知ってるのよ」

「ああ、こないだ、電車で木村さん家《ち》のおばさんに会ったんだ。それが、おばさん、すごく嬉しそうに、誰かに何か話したそうにしてるんだよ。もう、そわそわしちゃって、黙っていられないって感じなんだよね。何かあったのまるわかりでさ。で、声をかけたんだ。そしたら娘さんが結婚するんだって。ちょうど、式場を見に行ってきたところらしかった。めでたいなあ」

「それはわかったけど、どうしてその人が、木村さんのおばさんだってわかるわけ？　会ったことないのに」

「どうしてって、いつも俺らが家の前通る時、おばさん植木の手入れしてるじゃん」

拓実は当然だという顔をして言った。

「そんな人いたっけ……」

背が低くて、ぽっちゃりしてて、なのに手足が長くて、青い帽子がよく似合う人。

拓実は首を傾げる私に懸命に説明してくれたけど、ちっともぴんと来なかった。

「百聞は一見にしかず」そう言って、木村さんの家の前を通る時、拓実が声をかけた。

おばさんは忙しく植木いじりをしていた手をちゃんと止めて「こんにちは」と言ってくれた。そういえば、ここを通る時、いつも拓実がなにげなく挨拶をしていたことを思い出した。

「こんにちは。あの、このたびはおめでとうございます」

私が言うと、「何も今、突然改まって言うことないのに」と拓実が爆笑した。

「ええ。ありがとうございます」

それでも、おばさんは嬉しそうに、青い帽子を脱いで私に頭を下げた。

おばさんの顔は、本当に嬉しそうで、私は見ず知らずの娘さんの結婚をとてもめでたいと思った。そして「おめでとう」と告げられたことを幸せに思った。

墓地はとてもにぎやかな場所だと思う。死んだとはいえ、これだけの人々がこの狭い空間に密集しているのだから。夜は怖いのかもしれないけど、昼間は住宅密集地を訪れているのと同じだ。まだ若くして亡くなった山本さんの墓石は、小さいお釈迦様がかたどってあり、一目でわかる。

この地を離れてからは、月に一回になったが、高校時代には毎週のようにここに来ていた。誰にも出会わない時間を狙って、一人で密かに山本さんを訪ねた。墓前に立つのは、自分の気を休めるためだけのような気がして、かえって罪悪感に襲われたが、それでもここに来ずにはいられなかった。

山本さんとは親しかったわけではないから、こうして墓の前に立っても、報告することは何もない。今はもうミーティングのことを詫びることも、死んだ理由を考えることもなくなった。ただ、こうして墓前で手を合わせる。花を替え、水をかけ、静かに拝む。少し前までは、山本さんのお墓はとても整理されていたが、死んで五年も経つと、頻繁には人が訪れなくなるのだろう。誰かが供えたらしい花はいつも既に枯れていたし、墓石は砂埃で汚れていた。それらをきれいにする作業は、とても気持ちよかった。

拓実は私が山本さんの前にいる間、いつも無縁仏に水をやって、待っている。スーパーで残ったお菓子を大盤振る舞いしている時もある。子どもの水遊びのように、楽しげに柄杓《ひしゃく》を振り回している拓実は不謹慎にも見えるけど、無縁仏に水をやる人間が一人でも増えるのは貴重なことだ。

「終わった?」

「うん」

「山本さん、喜んでた?」

「そんなことわかんない。そっちの無縁仏達は?」

「喜んでた。ちょうど喉が渇いてたから、水かけてもらって、助かったってさ」

「そりゃよかったね」

「だろ。それよりさ、何かおごって」

拓実は墓参りの後、いつも何かを催促する。人との付き合いでプラスマイナスをゼロにしておくのは拓実の癖だった。

「何がいいの?」

「もちろん、チーズケーキ。売り上げに貢献しないとね」

最近、拓実は喫茶店で働く女の子と付き合っている。そのおかげで、我が家に来る時の土産はスーパーの残り物からかなりグレードアップした。

拓実が私を連れていったのは、マスターとアルバイト二人で成り立つ小さな喫茶店だった。喫茶店に近付くと、コーヒーの香ばしい匂いがした。

「こんにちは」

拓実が顔を出すと、髪の毛をお下げにした女の子が嬉しそうに笑った。

「ふうん」

「何?」

「わりと普通じゃない。ただ、あの歳でお下げにリボンはきついけど」

「似合ってるし、かわいいからいいんだ。杉本さんもう二十六歳なんだぜ。ちっとも見えないだろ?」

拓実は自慢げに言った。

「うん。そりゃ怖い」

私はカフェオレを注文し、拓実は紅茶とココアと、ケーキを三個も注文した。愛の力はすばらしい。

変な気を回されないうちに、私達が恋人じゃないことを教えないと、という私の心配をよそに、杉本さんはすぐに私達が姉弟だと見抜いた。

「私達ってそんなに似てますか？」

私は拓実の顔と自分の顔を指さした。

「いいえ。似てるわけじゃないけど。ただ、拓実君が私以外の人を好きだってことはどうもイメージわかないから。だとしたら、お姉さんかなって」

杉本さんは、お下げの髪を揺らしながら、にっこり笑った。目の前で女と一緒にいる姿を見てもイメージがわかないなんて、すばらしく幸せな想像力だ。私はいつだって、想像してしまう。由布子さんと楽しそうに話す浅見さん、由布子さんと一緒に食事をする浅見さん、由布子さんと愛し合う浅見さん。

「ゆっくりしていってくださいね」

杉本さんは私にも拓実に向けるのと同じくらい素敵な笑顔で言ってくれた。

「いい人だね」

私は杉本さんがいなくなってから、拓実に告げた。

「何それ。気持ち悪いな。姉ちゃんらしくもない」

「どうして？」

「年上過ぎるとか、言わなくていいの？」

「そっか」

「そっかって、杉本さん、俺より五歳も上なんだよ。姉ちゃんよりも四歳年上。しかも、二十六歳でアルバイトだぜ」

「別にそんなことどうでもいいじゃない」

「どうでもいいじゃないって、本気なの？　恵子ちゃんを連れてきた時は、そんな太った子は自己管理能力がないからだめだって言ってたし、香奈ちゃんと付き合ってた時は、茶髪のうえに耳に穴を開けるなんて、本来の自分を放棄してるって怒ってたのに」

「そんなこと言ってたっけ」

「うん。そんなこと言ってた。ずいぶん寛大になったんだねえ。それって高校で働いてるおかげかもな。毎日、いろんな子を見てるから、人のいろんな部分を見逃せるようになったんじゃない。うん。すばらしいね」

　拓実はそう言って、チーズケーキを口に入れた。他人に寛大になったのは、たぶん自分が不倫をしてるからだ。そう思ったけど、黙っておいた。

「姉ちゃんも食べたら」

と勧められて口にしたこの店おすすめのチーズケーキは、昔ながらの素朴な味がしておいしかった。

「杉本さんの愛がこもってるからな」

拓実がにこにこした。

「へえ。この店って、ケーキは杉本さんが作ってるんだ」

「いや。作ってるのはあのひげのおじさんだけどね」

拓実はそう言って、白いひげの混じったマスターを指した。


弟の泣いたところを、一度だけ見たことがある。

気が弱くて軟弱な拓実はしょっちゅう弱音を吐いて泣き言を言っていたが、実際に泣くことはなかった。私は強いから泣かないが、拓実は小出しに弱いところを流しているから、泣くまでの悲しみには至らない。

私達がまだ小学生の頃、親戚の結婚式に行くとかで、両親とも一晩留守にすることがあった。姉弟二人きりで一晩過ごすというのは初めてで、私達は嬉々として夜が来るのを待ちわびた。子どもだけで夜を過ごすということに興奮していた。

その夜、拓実がチョコレートを出してきた。

「きいちゃんも一緒に食べよ」

チョコレートを食べると、鼻血を出し頭痛を起こす私は、当時両親からチョコレートを食べてはいけないと、止められていた。まだ小学生だったが、清く正しい私は両親が自分のために言ってくれているのをわかっていたから、決してチョコレートを食べようとはしなかった。

「だめだよ、頭痛くなっちゃうから」

私は断った。もちろん、チョコレートのおいしさは知っていて、時々無性《むしょう》に食べたくなることはあった。だけど、だめなのだ。

「大丈夫だって。少しだけ。だってすごくおいしいんだから」

「いいよ。拓実一人で食べなよ」

「やだ。僕、きいちゃんと一緒に食べたい」

拓実はほとんどだだをこねるように私にチョコレートを勧めた。少しだけなら大丈夫だろう。私はそう思って、拓実とチョコレートを食べた。

「おいしいね」

「ね」

チョコレートは一度食べだすと、なかなかやめることができなかった。今まで我慢していたチョコレートは、想像していたより、ずっと甘くておいしかった。結局、板チョコ半分を食べてしまった私は、すぐに頭痛に襲われた。

頭が痛くなって寝込む私の横で、拓実はぽろぽろ泣いた。

「どうして、こんな風になっちゃうの？　チョコレート食べるのは悪いことじゃないのに。どうしてきいちゃんは痛い思いをしなくちゃだめなの？」

拓実は朝までずっと私のベッドの横に座り込んで泣き続けていた。


「じゃあね」

拓実に手を振って、電車に乗り込むと突然心許《こころもと》なくなってしまった。

私が生まれたこの街は、店だけでなく、小さな家々までがクリスマスに向けて様々に飾られ、通りはとても賑やかになっている。人々もあちこちに溢れ、活気づいている。騒々しいくらいに音が満ちている。これから私が戻る町は、クリスチャンがいないのか飾りつけをしている家は一軒もない。雪の被害を避けるために余分な物は片づけられる。厳しい寒さのせいで人通りも少なくなり、店が閉まるのも早くなる。人も草も動物もあまり動かなくなる。物音は寒さに吸収され、しんと静まりかえる。冬になると田舎は本当になにもなくなってしまう。

もし、浅見さんがいなくなったら、私は一人で冬を越せない。そう思うと、不安だった。浅見さんと出会う前、冬生まれの私は平気で冬と向き合っていた。だけど、浅見さんといくつかの親密な時間を過ごした今の私には、一人で冬を迎える勇敢さが欠落している。電車から見える景色が、どんどんシンプルになっていく中で、私はすっかり弱気になっていた。

11

三学期初めの二年生の教材は、夏目漱石の『こころ』だ。高校で習った時も、うっとうしかったけど、今はさらに煩わしい。もう、山本さんのことが心に引っかかっているわけではないけれど、友人を自殺に追い込む話など、新年早々に読み深めたくない。

とりあえず、通読をしないといけないのだけど、自分で読むのも生徒に読ませるのも手間がかかるので、朗読用のCDを流した。低く柔らかい声の朗読者が、淡々と静かに読み進める。

主人公が友人Kの部屋の様子がおかしいことに気付く。不思議なことに身近な人が死ぬ前にはちゃんと予感がある。もうすぐだ。私は息を大きく吸い込んだ。

「Kは小さなナイフで頸動脈を切って一息に死んでしまったのです。……彼の血潮の大部分は、幸い彼の蒲団に吸収されて……」

そこで生徒が声を上げた。

「先生！　加藤さんが！」

加藤さんは真っ青な顔をして、額には汗が滲んでいた。いつもの気丈な目はぼんやり潤んでいて、息苦しそうに肩を上下させていた。

「どうしたの？」

「保健室に行っていいですか？」

頼りなく立ち上がると、加藤さんは絞り出すような声で言った。

「大丈夫?」

授業を終えて保健室を訪れると、加藤さんはのんきにソファに座っていた。

「いやあ。びっくりした。あの話って、まじリアルでさあ、気持ち悪いんだもん。汗かいちゃった」

加藤さんは、さっきの出来事が嘘みたいに、けろりとして言った。

「確かに気持ち悪いかもね。でも、こんなになるほど、えぐくないでしょう?」

「まあ、えぐさは『バトル・ロワイアル』に負けてたけど。でも、リアルさではここ最近でナンバーワンだったな」

「ふうん」

加藤さんは大きくのびをして、私の顔を見上げると、首を傾げた。座れば? そう言ってるのだろう。私が隣に腰掛けると、加藤さんは話を始めた。

「うちの家、ばあちゃんがいてさ、ずっと病気だったのね。十年以上前から寝たきりだったの。すごいでしょう。だから、去年の夏に、サナトリウムに入れることにしたんだ。ばあちゃんだいぶひどかったから。ほら、川崎にあるの、先生知ってる？」

「いや、知らない」

「そっか。けっこう有名なんだけどな。そのサナトリウムって、長い長い坂の上にあるんだ。まだ新しくて、すごくきれいな建物なの。去年の夏休み、その長い坂をね、母さんと父さんと私で、ばあちゃんの車椅子を押して上って、サナトリウムに行ったんだ。すごく蒸し暑い日で汗だくになって、坂がいつまでも続くように感じた。どれだけ歩いても、サナトリウムに着かないんじゃないかって思うくらい遠くて……。ばあちゃんすごく嫌がってた。家にいたいって。病気はしんどくても、家で暮らしたいって。坂を上る間じゅう、ずっと言ってた。でも、父さんも母さんもサナトリウムのほうが設備もあるし、ばあちゃんのためにいいんだよって言ってさ。嘘だよね、そんなの。面倒を見るのが大変だから。理由なんてそれだけ。小さい頃からばあちゃん寝たきりで、一緒に遊んだ記憶もないし、ばあちゃんが家にいてもいなくてもどっちでもいいって私は思ってたんだけど、何かサナトリウムはだめだってその時思ったんだ。よくわかんないけど、今は違うって。でも、父さん達には言えなかった。すごく言わなくちゃだめだって、その坂を上る間、思ってたのに、どうしてか言えなかった。結局、ばあちゃんそのままサナトリウムに入ったんだけど、その日の夜に死んじゃったんだ。自分で首切って。すぐに処置されてばあちゃんのむごい姿は見ずにすんだけど、血が染みついた布団は残ってた。ばあちゃんが布団を通して、私達に抗議してるように思えて、すごく怖かった。どうしてお前は止めてくれなかったんだって、怒ってるようで怖かった。ばあちゃんが死んで悲しいとか、かわいそうだとか思うより、それが怖かった。今日の話、それと似てるんだよね」

加藤さんは友達の話をするのと同じような調子で話し終えると、大きく息を吐いた。

「へえ……」

「へえって何よ」

「いや、すごいね」

「すごいねって、まさかそれが感想？　私がこんな切実な打ち明け話をしたっていうのに。先生国語教師なんだから、もっとましな言葉遣わないとだめだよ」

「そうだね。ごめん。でも、そんな経験したことないから、こういう時に言うべき適当な言葉知らなくて……」

「まあいいけどさ」

加藤さんは肩をすくめた。

「じゃあ……『こころ』を勉強するのはやめにしよう」

「へ？」

「今日一通り読んだし、『こころ』はもう学習したことにしておけばいいや」

「は？　そんなことしていいの？」

「いいんじゃない？　こんな長い文章、受験に出るわけでもないし」

「受験は大丈夫にしてもさ、勝手にそんなことして、夏目漱石に悪くない？」

加藤さんの子どもっぽい発言に、私は思わず微笑《ほほえ》んでしまった。

「いいって。漱石って、たぶんもう死んでるから文句言えないわよ。それに、日本には山ほど高校があって、そこらじゅうで『こころ』を勉強してるんだから、十分すぎる。漱石も大満足してるって」

「でも……」

「いいって。実は私もこの話、やりたくないんだ」

「どうして先生が？」

「どうしてって……」

私はなぜか加藤さんに山本さんの話をした。加藤さんはふうんと言って、感心しただけで、私と同じように、

「そんな経験したことないから、何て言ったらいいかわからない」

と笑った。

「部長、夏目漱石のいい話ない?」

「どうしたんですか、突然。まさか文学に目覚めたとか」

「残念ながら、まだ文学には目覚めてはいないんだけど。あのね、二年生の授業で『こころ』が出てくるんだけど、つまらないから他の作品に替えようかなって思って」

「つまらない? そういう私情を文学に挟むのはよくないですよ。『こころ』は名作です」

「じゃあ前言撤回。『こころ』っていうの、授業でするには長すぎるの。だから教材替えたいんだ」

「そうですか。……じゃあ、『夢十夜』はどうですか? 夢の話が十個分載っているんです。一夜ごとに話が分かれてるから、好きなものを選りすぐって授業に使えます

よ」

「そりゃ、便利で面白そうな話だね」

「ええ。きっと面白いです」

垣内君はそう言って、夏目漱石全集の一冊を渡してくれた。

「ありがとう。今、初めて文芸部の顧問でよかったと思った」

「お役に立てて光栄です」

垣内君が言った。


『夢十夜』は怖かった。もちろん、「ちょっと怖いところがあるから気をつけてください」と垣内君は忠告をしてくれていた。だけど、まさか夏目漱石の書く話が真剣に怖いわけはないとなめていた。うっかり夜に読み出して、私は後悔した。三夜目の話を読み終えた時には、すっかり背筋が寒くなっていた。

しんと静まりかえった一人の部屋は怖い。田舎の夜は本当に静かだ。窓の外には、雪が積もっていく音だけが聞こえる。テレビをつけても、ラジオを流しても怖さは紛れなかった。誰か知ってる人の声を聞かないことには落ち着かなかった。聞けば返る声がほしかった。

そして、私は浅見さんに電話をかけていた。とにかく声を聞きたくて、無意識だった。

長い呼び出し音の後で、ようやく電話が通じた。

「もしもし？」

呼びかけに答えはなかった。電話の向こうには、浅見さんのいる気配だけがあった。

「もしもし」

もう一度、声を大きくして呼びかけてみる。確かにそこにいるはずの浅見さんから声は発せられない。

「もしもし？」

丁寧に呼びかけてみた。静かな沈黙の後で、ようやくいつもより低い浅見さんの声が聞こえた。

「困るんだけど」

大好きな浅見さんの深い声が聞こえて、恐怖が解けた。そして、ほっとすると同時に、私は自分の失敗に気付いた。今まで浅見さんが家にいる時間帯に電話をかけたことはなかった。

「あっそうか……。ごめん」

怖い本を読んでしまって、なんだかたまらなく怖くなって、ただ声を聞いて安心したいだけだった。困らせるつもりはなかった。慌てて言い訳しようとした時には、電話は切れていた。ツーツーというはっきりした音が、もう浅見さんと繋がっていないことを知らせていた。

いつだってそうだった。私と浅見さんの間には、私の事情も気持ちも都合も何もない。浅見さんが会える時だけ会う。私が会いたくても、私が声を聞きたくても、そんなことは何の意味もなかった。私が悲しくても寂しくても、私達には何の関係もなかった。

寂しくてたまらなくて、電話をしたくなったことは何度もある。唐突に会いたくなって、夜中に走り出しそうになったことだってある。クリスマスだって誕生日だって天気のいい三連休だっていつもつまらなかった。

財布を落として困り果てた時、浅見さんに助けてもらえればどんなにいいだろうと思いながら、一時間の道のりを歩いて帰った。授業参観の前日、眠れなくて、浅見さんの大丈夫ってひと言が聞きたかった時もあった。すぐに叶う簡単なことなのに、それができない。それを諦める瞬間、私はとても悲しかった。近所で火事が起こった時、暴風警報が出た時、タイヤがパンクした時、初めての雪かきで戸惑った時。いつも私は一人だった。どんなに浅見さんを必要としていたか。

だけど、そのたびに私はちゃんと衝動を抑えてきた。一人でじっと気持ちを外に漏らさずに抱えていた。

なのに、今、思わず気持ちを漏らしてしまった私に浅見さんが発した言葉は「困るんだけど」それだけだった。とても冷たく感情のこもっていない声。

周りの静けさは浅見さんの声を聞く前よりずっと深かった。怖さに寂しさが加わって、たまらなかった。

他に電話ができる相手が私にはいなかった。本を読んで怖くなったなんて、夜中に言える相手は一人もいなかった。家族を除いて。

「何、その話は？」

「だから、父さんが背負っている坊主が歩いてるうちにどんどん重くなるのよ。確かに自分の子どもなのに、何か大人のような口をきくの。もうすぐ重くなるよって言うんだって。ね、怖いでしょう」

「怖い怖い。でも、十二時過ぎにそんなことで電話してくる姉ちゃんはもっと怖い」

「そっか。ごめん。もしかして寝てた？」

「いや。別に寝てもないし、起きてもないけど」

拓実のいつもの間延びした声が聞こえて、私の恐怖は完全に収まった。

「そう……。あのさ、私ね、やっぱり浅見さんと別れる」

「何？　それがこの電話の本題なの？」

「いや。それは今思いついたの。別れ話はどうでもいいの」

「ふうん。変なの。まあいいや。で、続き聞かせて」

「うん。たぶん、ずっと考えてたことなんだけど、実は、こないだ浅見さんがね、」

「そうじゃなくて、坊主を背負ったおっちゃんの話」

「そっち？」

「うん。そっちのほうが面白いじゃん」

拓実が言った。

背負った坊主が実は自分が何年も前に殺した人間だったというところで、拓実が悲鳴を上げた。

結局、『夢十夜』の中から、第一夜を授業で取り上げることにした。

美しい女の人が死んでしまう。死に際に、百年後に必ず会いに来るから待っていてくれと言う。男はその言葉を信じて、ずっと待っている。裏切られたのかと思いながらも待ち続ける。すると、足下に百合の花が咲いていることに気付く。そこで初めて百年が経って、女が約束を守ったことを知る。

「こんなに無防備に愛せるってすごいよね」

「でも、いくら好きでも百年なんて待たないって、普通。俺は二時間が限度だな」

「本当に好きだったら、何年だって待てるんだって」

「だけどさあ、百年待って、百合が咲くだけじゃ空しくない？」

「私だったら、絶対無理」

生徒と読むと、夜中に一人で読んだ時よりずっと面白い。漱石の文学もただの恋愛ものにすり替えられてしまうけど、それもいい。単純に面白い文学をみんなで読み合うのは単純に楽しい。

「先生はどう思う?」

「へ?」

「こんな風に、好きな人のことずっと待っていられる?」

「さあ……。無理なんじゃないかな。ちゃんと実体がないとなかなか信じられない。会いたい時には会いたいし、一年だって気が遠くなる。私だったら、きっと、百合が咲いたことすら気付けないんじゃないかな」

「顔が深刻だよ」

「何かリアルだね」

生徒が笑った。

あまりに楽しくて、ついでに夏目漱石がその小説を書くのに影響を受けたというポーの詩も紹介した。もちろん、最後にはみんなに自分の『夢十夜』を作らせた。高校生の夢十夜は、感動できたし、笑えた。

「今回の授業はわかりやすかった」

何人かが授業の感想に書いていた。

自分が面白いと感じていることは、わりと伝わりやすいんだな。と思った。次の教材は苦手な古文だったけど、面白くなるまで読み込もう。そう思った。

浅見さんと別れるのはいとも簡単だった。電話やメールをするのをやめて、浅見さんからの電話をたった五回無視すればいいだけだった。たった五回。別れを決心したことを口にすることも、見苦しい争いも必要なかった。二年の間、一緒に時間を積み上げて、私の中で大きな存在となっていた人を、こんなにも簡単に切り離せるのかと驚いた。もちろん、私から電話をすれば、今なら元に戻せる、という気持ちを抑えるのには苦労した。だけど、悲しい思いや空しい思いや罪悪感やそんなものから解放される。そう思えば、我慢できた。

浅見さんは私がいなくなることが平気なのだろうか。私は浅見さんと通じ合わなくなっても大丈夫なのだろうか。あまりにも簡単に切り離されて、浅見さんと別れることが本当には実感できずにいた。ただ、最後に聞いた言葉が「困るんだけど」はいただけないな。そう思った。

12

「やっぱり、来年はなくす方向かなあ」

卓球部の理科の教師が言った。

「どうですか。早川先生」

「さあ……」

部活顧問会議で来年度の文芸部の存続をどうするかが議題に上がった。私に聞かれても、来年度はこの学校にいないわけだから決断できない。

「来年度は生徒数も減るから、部活の数も精選しないとな」

「どうせ文芸部に部員が入ったとしても、新入生が何人か入るぐらいだろうしね。切っちゃってもいいんじゃないか」

「それに、文芸部を置いておく利点もないですしね。垣内みたいな生徒がくすぶってしまうのももったいないですからね」

くすぶってる?

「垣内だって、体育会系のクラブにいたら、ある程度成績を残していただろうし、もっと活躍できただろうにな」

「まあでも、他のクラブでドロップアウトする生徒のために、ああいうクラブも必要でしょう」

「だったらパソコン部や美術部で間に合うんじゃない」

ドロップアウト、間に合わせ、暇つぶし……。不愉快な単語が次々と飛び交う。垣内君の文芸部での活躍を彼らは知らないのだろうか。

「これからいろんなタイプの生徒が出てくるわけだから、その受け皿になる文芸部のようなクラブも必要だと思うよ。正面切って帰宅部というのも響きが悪いしなあ。わざわざ潰《つぶ》さなくても、名前だけでも一応存続しといたらどうでしょう」

バレー部の顧問が言って、周りの教師が笑いながら、それもそうだなと同意した。

私は頭の中でカチンと音が鳴るのがわかった。こんな風にきれいにすぱっと自分の中で何かが切れるのを感じたのは、久しぶりだった。

「あの、みなさんのおっしゃってることがまったく理解できないんですけど。文芸部は暇つぶしでもないし、垣内君はくすぶってもいません。文芸部は毎日とても活発な活動をしています。一日だって同じことをしている日はありません。毎日毎日新鮮な真新しいものを生み出しています。ただ単に勝つことだけを目標に、毎日同じような練習を繰り返しているような体育会系のクラブこそ、存続を考えたらいかがでしょう」

私の発言に、松井は笑ったが、他の全ての教師が不愉快そうな顔をした。

「朝練に土日の練習に。こっちは休みなしで働いている。活動時間からしてまったく違うんだよね、文芸部とは」

野球部の青木が言った。

「文芸部は、活動時間が長ければいいというような方針では活動しておりませんので」

私は青木をにらみつけた。私はこの教師が日頃から気に入らなかった。青木は何かというと、文系クラブは楽でいいよなあと言う。朝練や土日の練習などは顧問の判断で決めるのだ。そんなに嫌なら、やらなければいい。

「早川先生の言いたいこともよくわかるけど、だけど、たった一人の部員じゃ、クラブで教えるべき社会性や集団のルールも教えられないんじゃないか？　来年度、新入生が何人か入ったとしても、先輩のいない部活動はあまり意義がないような気もするな」

「確かに、わざわざクラブという形でなくても、読書や文学者の研究は家でもできるからな」

　校長や教頭も言った。

　確かにそうだ。せっかく学校にいるんだ。周りには同世代の人間がいやってほどいる。ぶつかり合ったり、励まし合ったり、もっと一緒に活動的なことをするべきかもしれない。だけど、違う。一人でやる文学とクラブでやる文学とは、また違うのだ。私はそう言いたかったけど、うまく言えなかった。

「いいんじゃないですか。垣内、楽しそうだから。それで十分だと思いますよ」

　松井が言った。

「あーむかつくむかつく」

　クラブの時間になっても、怒りは収まらなかった。

「まあまあ。そんなにいらいらしないでください。周りにそう見えても仕方ないでしょう」

垣内君はまるで気分を害することなく穏やかに言った。

「仕方ないですって? 私は絶対いや。明日から朝練しようよ」

「朝練? 何のためにですか」

「文芸部活性化のためよ」

「今で十分ですよ」

「もう。なんか、ないの? 試合とか文学大会とかさ。そうだ! 遠征しようよ。他校の文芸部と合同練習とか」

「この辺の高校で文芸部のあるところはないですよ」

「この辺じゃなくたっていいわよ。北海道から沖縄まで、どこだって文芸部のためなら飛んでいかなくっちゃ。ほら、活動費が残ってるでしょう? あれを使って、旅に出ようよ。あ、合宿とかもいいかも」

「そんな面倒なことはやめましょう」

「面倒?」

垣内君にとても不似合な言葉で驚いた。

「僕は毎日文学している。クラブ以外でも。いつでも何かに触れて何かを感じてる。それで勘弁してください」

「何よそれ」

「誰にどう思われたってかまわないじゃないですか。確かに僕達はしっかり文芸部の活動をしている。それで十分です」

「わかったわよ」

垣内君がなだめるような顔で言うので、私はもう何も言えなくなってしまった。

翌日、私は久々に強烈な頭痛に襲われた。朝方から体が重いなと思いつつ目覚めたら、既に頭は締め付けられるように痛かった。こうなってしまったら手遅れだ。頭痛は起こる兆候があったら、すぐに薬を飲まないといけない。ここまで進行してしまったら、薬は何の効き目もない。もう手の打ちようがなかった。

働き始めてからこんなに重い頭痛になるのは初めてだった。長年連れ添っていれば、頭痛の治し方は上手になる。いつも兆候が現れる前に、セデスとバファリンを一錠ずつ飲んで、さっさと処理していた。なのに、最近調子がよいのをいいことにのんきに構えていたら、唐突に頭痛にやられてしまった。

私はやむをえず学校を休んだ。頭が痛くて眠ることもできず、食べることもできず、時々吐いたり、めまいを起こしたりしながらベッドで一日を過ごした。

そして、頭痛の苦しみの中で、本当に浅見さんがいなくなったことに気付いた。私の頭痛を彼は簡単に治すことができた。浅見さんといる時、私は元気だった。体調が悪くなりそうな時でも、浅見さんが抱きしめてくれるだけで、大丈夫だった。

初めて浅見さんの前で体調を崩した時、彼は真っ青になった。私は慣れたことなので、「大丈夫だよ」と笑ったが、すぐさま私を寝かしつけて氷枕を作り始めた。

「キャベジンとバファリンを飲めば、治るから」

私はそう言ったけど、

「そんな風に薬をチャンポンするなんて、絶対よくない」

と浅見さんは飲むことを許さなかった。健康な人は薬の力を知らない。

私は子ども騙しだなと思いながらも、素直に氷枕の厄介になった。ただの頭痛兼腹痛なのに、手を握りしめて、不安そうに見つめてくれる浅見さんがおかしかった。

だけど、そのおかげで、私は元気になった。薬ほど即効性はないけれど、頭痛も腹痛も吐き気も少しずつ小さくなって消えていった。本気で心配してくれる他人がいれば、薬なんて必要ないんだって、その時知った。浅見さんと一緒にいた二年間、私はそうやって何度か痛みを消した。

きっと私はちゃんと浅見さんを愛していた。そして、浅見さんも彼なりに私を愛してくれていた。頭痛で苦しみながら、私はとても幸せでいたことに気付いた。でも、今は浅見さんはいない。

私は久しぶりに子どもの時みたいに、神様に祈ってみた。いい子でいるから、助けてって。

そして、神様とバファリンとセデスは一日かけて、私の頭痛をちゃんと和らげてくれた。

頭痛や腹痛から解放されると、私は普段の何倍も元気になる。一日中眠っていたせいか、四時に目が覚めてしまった。爽やかな早朝。まだ外は真っ暗だけど、冬の寒い空気が身体をクリアにしてくれる。

もう眠れない。私は二度寝することをやめて、朝からケーキを焼くことにした。教室をやめた後も、私はたびたびケーキを焼いた。眠れない夜、不安や寂しさで何も手に付かない時、妙に体調のよい日曜日。そんな時、私が夢中になるのはお菓子作りだった。

台所に立つと、まず道具と材料を一式並べる。ケーキの型に泡立て器に計量カップ、道具はしっかり揃っている。まず準備をきっちりする。手際がダウンしないよう並べておく。浅見さんの教えどおり。

卵を白身と黄身に分けてボールに入れる。泡立て器を大きく動かす。ほんの少し砂糖を入れると、卵はつやつやと泡立つ。手を動かすだけのこの作業は気持ちよい。無心になれる。浅見さんが言うには、泡立てる作業が一番の基本らしい。卵に力と思いを注ぐ。それを受けると卵は堅く大きくどんどん泡立つ。

しっかり泡立ったら、小麦粉をほんの少しだけ入れて、優しく混ぜる。教室にいた時、私はこの作業が苦手だった。いつも泡をつぶしてしまうのだ。「もっと力を抜いて。そうやって、むやみに力を入れるから、台無しになっちゃうんだ。混ぜようとしなくても勝手に混ざるんだから。それを助けるだけでいいんだよ」浅見さんが私の手を取って教えてくれた。その感覚を思い出して、木べらを動かす。すうっと小麦粉が卵の中に姿を消す。成功だ。

「おいしいケーキを作ろうって以外のことを考えちゃだめだ。他の考えが混じると、うまく膨らまないから」浅見さんの口癖だった。私はオーブンの前でじっとケーキが膨らむのを待った。

横暴で厳しい講師だったけど、浅見さんはいい先生だった。楽しい時間を教室で過ごすより、おいしいケーキを作る能力を身に付けたほうがずっと幸せになれる。浅見さんの教室は重い空気が流れていて、みんな決して楽しそうじゃなかった。でも、みんな着々とケーキ作りの腕を上げていた。

ふわふわのスポンジケーキは何のデコレーションがなくてもおいしい。卵と砂糖と小麦粉はそれだけでおいしい物なのだ。空っぽだった胃に柔らかいスポンジが優しくしみ込む。

こんなおいしいケーキ、浅見さんに出会わなければ、私は絶対作ることができなかった。

早朝の食卓で私はケーキを平らげた。

休んだ翌日の学校は、妙な感覚だった。

教室に行くと、みんなちゃんと席に着いていて、黒板がいつもよりきれいに消してあった。授業では、誰もが真面目にノートを取って、はっきりとした返答をした。あまりにわかりやすい生徒の優しさに私はすっかり照れてしまった。下の名前すらきちんと覚えていない生徒がこんな風にしてくれるんだ、とこそばゆかった。一人の大きな愛もいいけど、たくさんのささいな気持ちも悪くない。

私はゆったりした気持ちになりながら、授業を進めた。


「怒りすぎるから頭痛になるのですよ」

垣内君は冷静に忠告した。

「違うわよ。頭痛は私の持病なの。それより朝練とか校外に出ることとかちゃんと考えてくれた?」

「まだそんなこと言ってたのですか」

「当然よ。文芸部の地位向上をしないといけないんだもん。それには外部にわかりやすく示さなくちゃだめなのよ」

「はあ」

「はあって何よ。ちゃんとした部活動しているのに、周りにとやかく言われるなんて我慢できる？　垣内君はへらへらしてるからどうでもいいだろうけど、私は嫌なの。もっと、文芸部の活動をアピールしたいの」

「すごいですね」

「すごいですね。じゃないわよ。私、何か間違ったこと言ってる？」

「わかりました」

「ほんと？」

垣内君が了承してくれて、私の声は弾んだ。

「ええ。先生が頭痛持ちなわけが」

「は？」

「何か間違ったこと言ってる？　って、そんな堅苦しいことを言ってるから頭痛になるのですよ。そうやって正しさをアピールすると、体力を消耗しますよ。だいたいそんな押しつけがましい言葉、普通は恋人ぐらいにしか言わないでしょう？」

「何よそれ。押しつけがましくて悪かったわね」

「まあまあ、怒らないでください。また、頭が痛くなりますよ。わかりました。朝練しましょう」

「本当に？」

「ええ。僕もやりたいと思っていたんです」

「やった！　やろうやろう！　いつから？」

「明日、七時三十分に図書室集合。いいですか？」

「うん。もちろん」

私は高らかに返事をした。


ただの朝練。なのに、私はうきうきして仕方なかった。いつもより一時間も早く起きて、いつもはパンで済ます朝食も、バランスよくしっかりめに摂《と》った。

中学時代も、高校時代も、当然朝練をしていた。だけど、それはもっと使命感に近いものだった。後輩より早く体育館に行き、ネットを張って準備を万全にする。みんなが揃ったら、すぐに練習を開始する。朝練に使える時間はとても短い。その時間にどれだけ集中して、どれだけ力を付けられるか。毎朝勝負だった。こんな陽気な心持ちではなかった。

今、朝練が行われているのはバレーと陸上とサッカーと野球。七時過ぎに登校すると、生徒がぱらぱらと学校に向かうのと一緒になった。

「どうしたの？　早川先生が早いのって珍しい」

まだ寝ぼけた顔の生徒が、声をかけてきた。

「朝練なのよね」

「へえ。すごいね」

「文芸部も忙しいんだね」

生徒は単純に感心してくれる。

「おはようございます」

早朝の職員室は、まだ校長や教頭もおらず、気持ちがいい。

「あれ、早川先生、早いですね」

「ええ。朝練なもので」

用務員さんにも爽やかに答える。

「どうしたの?」

職員室でのんきにコーヒーを飲んでいた松井が、私を見るなり言った。

「どうしたのって、朝練よ朝練。当然でしょ?」

「嘘だろ? 文芸部が」

「ええ。あら、松井先生こそ早くから何かあるの?」

「俺こそ当然。サッカー部の朝練」

「嘘でしょう。サッカー部が?」

「うん。嘘みたいだけど本当なんだ」

松井は朝から快活に笑った。

「朝練だったら、グラウンドに行かなくていいの?」

サッカー部はもう準備体操を終えて、パス練習を始めている。

「ああ。朝は行かない」

「朝は行かないって? せっかく活動してるのに?」

「朝練まで俺が出ていったら、うっとうしいだろ? 朝はあいつらで好きに練習すればいいかなって。そのほうが能率がいいからな。だいたい朝練したいって言い出したの、あいつらだし。俺は部員が怪我しないようにここから見てるだけ。コーヒー飲みながら。いい身分だろ」

「へえ。それもいいかもね」

「って、お前は図書室行かなくていいの？　だいぶ前に、垣内来てたよ」

「うそ、そりゃやばい」

私は、図書室に走った。

図書室にはすでに垣内君が来ていた。ストーブが効き始め、暖かい空気がこもっている。夏場は地獄だけど、ストーブが二台あるおかげで、冬場の図書室はゆったりとして暖かい。

「おはよう」

「おはようございます」

垣内君に会うのは決まって放課後だから、朝に会うのは初めてで、少し改まった気持ちがした。朝七時過ぎのまだ静かな校舎。図書室のある三階には私達以外まだ誰も足を踏み入れていない。窓の外には薄い雪がひらひらと舞っている。朝一番の図書室も新鮮でいい。

「ずいぶん早くから来てたんだね」

「ええ。朝練に使える時間は短いですから、少しでも有効に使えるようにと思って」

垣内君が言った。

「で、今日はいったい何をするの?」

机の上にはたくさんの本が並べられている。文学関係の本ばかりではないようだ。

「本の整理です」

垣内君はにこりと笑って答えた。

「へ?」

「この図書室の本の整理をします」

「どうして?」

「この図書室、本の並びが悪いと思いませんか? そもそも日本十進分類法なんて、今の高校生のニーズに合っていない。探しにくくて仕方ないでしょう。教科別に並べ替えましょう」

「どうして、そんなことをしなきゃいけないのよ」

「野球部やサッカー部がとんぼを引くのと一緒ですよ。それに、分けてるうちにいろんな本も覚えられるし。一石二鳥でしょう。実は僕、ここに入学した時から図書室の本を整理したくてたまらなかったんです」

確かに垣内君の言うとおり、図書の十進法はわかりづらかった。動物学や生物工学にどの本が位置づけられるかなんて高校生が見分けられるわけがないし、単純に教科に分かれているほうがずっといい。だけど、せっかく朝早くから集まったのに、本の整理はないだろう。それに、閉め切った部屋で本の整理をすると、古い本の匂いが鼻につく。そうぶつぶつ言っている私をよそに、垣内君は軽快に作業を始めた。

「さあ、先生は三段目をお願いします。手前のほうの机に置いてください」

「はいはい」

垣内君に指示を出され、私もしぶしぶ本の分類にかかった。

図書の分類は簡単な作業のようで、かなり手間取った。だいたい本の数が半端じゃない。棚から出して、他の棚に入れ直すだけでも重労働だ。それに、いちいちどこの棚に入れるかを考慮しないといけない。黙々と作業をしたが、一日目は一つの棚しか終わらなかった。

「続きは明日ですね」

垣内君がさらりと言って、結局私達は十日間、毎朝七時に登校し、図書室の整備をした。私達はだんだん手際がよくなり、すばやく本を分類できるようになってきた。

「ラスト。『火星の秘密』、これは地学に入れたらいいんだよね」

「そうですね。よろしくお願いします」

私は最後の本を一番端の棚に詰めると、歓声を上げた。

「なにこの充実感は！」

「やりましたね」

きちんと並べられた書物は、手に取られるのを今かと待ちわびているように輝いて見える。

「今だったら、私、書名言ってくれたら、すぐに本を差し出すことできちゃう」

「本屋さんになれそうですね」

「どっちかっていうと司書でしょう」

私達は顔を見合わせて、笑った。そして、「いっせいのーで」って言って、ハイタッチをした。暖かい図書室にぱちんと手を合わせる音が響いた。

バレー部でも好プレイをした後、いつもハイタッチをしていた。たいしたプレイでなくても、点が入ればメンバー全員でハイタッチをし合う。私にとっては、それはお決まりで単なる習慣にすぎなかった。本当はそんなこと省いて、さっさと守備位置につきたかった。

だけど、今のハイタッチには本当に「よくやったよね」っていう気持ちがこもっていた。お互いをねぎらう気持ちがちゃんと掌にあった。きっと、バレーボールをしている時にも、こんな風にハイタッチをしていたら、私はいいキャプテンでいられたに違いない。

生まれ変わった図書室の評判は上々だった。入れ替え作業を二人でしたと知ると、みんな驚いた。どの生徒も本が探しやすくなったと喜んだ。教科の先生達も、すぐに本が見つけられていい、とほめてくれた。昼休みに図書室を使う生徒が増えた。別にそんなこと私にはどうでもいいことだけど。

だけど、するべき仕事があってよかった。早起きして、朝から本の整理をする。面倒だけど、爽快だった。本を入れ替える作業は、私の中に溜まっていたものも、新しくしていってくれた。するべきことがある。それは、私を早く元気にしてくれる。

13

海が近い土地は、冬が長い。二月の終わりになっても、どっぷり冬に浸っていて、春が来る兆候はどこにもない。暗い空。暗い海。時々、雪が降って辺りを白く埋めてしまう以外は、変化がない。

同じ景色が続くせいでうっかり見過ごしてしまいそうだけど、着々と文芸部は幕を閉じつつあった。最後の作業である主張大会用の文章も仕上がった。川端康成と山本周五郎の作品について、調べたことが論じてある。何回も推敲《すいこう》して、よい出来だ。

文芸部の終わりを決めるのは自分達だった。体育会系のクラブは夏の試合が終わればそれで終わり。自分達の希望がどうであれ、夏で三年生は引退する。久々に体育系の部活を羨ましく思った。

終わりを決める作業は困難だ。垣内君がいなくなれば、とりあえず文芸部は無くなってしまう。それが気がかりなのか、垣内君はなかなかクラブ引退を申し出なかった。

文化系クラブは三年生も卒業近くまで活動することが多いが、文芸部は引き延ばしすぎた。もう、書くべき文章もないし、主張大会の作文も非の打ち所がなくなった。私も垣内君もそれがわかっていながら、ぐだぐだと図書室で過ごしていた。すでに整えられた図書室の片づけをしたり、小さな文章を書いたり、文学者についてちょっと語ってみたり。お互いが終わらなければとわかっているのに、終わるべき時がちゃんと来ているのに、文芸部は終了しなかった。誰かがちゃんと終了だと示さなければ幕は下りない。放っておいたら、永遠に続いてしまう。きっと、私が決めるべきなのだろう。二日続いた雪が止み、厚い雲の向こうに太陽の光がほんの少しうかがえる。そんな木曜日の放課後、私は切り出した。

「もうそろそろだね」

私の言葉に垣内君はすんなりと頷いた。

「そうですね。明日で終わりにしましょうか」

「そうだね。それがいいかも。なんか、あっという間だったね」

「ええ。目まぐるしかったですね。でも楽しかったです」

「うん。面白かった。私、ちょっと読書家になったしね。川端に漱石に……。こうして考えると、文学作品ばっかり読んじゃったな。賢くなったかな。でも、一番面白かったのは、垣内君の書いた売れない詩だね」

私がそう言うと、垣内君は照れくさそうに笑った。

「そう言えば、結局、部活動費あんまり使わなかったね。余らせすぎたねえ。もったいないことしちゃった」

結局、クーラーも買わず、部活動費は例年どおり、印刷用紙や原稿用紙に変わった。だけども、二人で八千円は使い切れず、半分以上が残ってしまった。

「こんなことなら、クーラーを買えばよかったですね」

垣内君が言った。


文芸部最後の日、私がクラブに向かうと、まだ二月だというのに、図書室の窓は開け放たれ、ストーブも消されていた。

「何なの？　寒いんだけど」

「先生ってスポーツしないんですか？」

垣内君は私の質問には答えず、そう言った。

「どうして？　する時はするけど」

私は寒さで歯をがちがちさせながら答えた。

「じゃあ、どうして文芸部にいるんですか？」

どうして彼がいまさらそんな質問をするのかわからなかった。

「そりゃあ、仕事だから」

そう、仕事だからだ。もし希望が通るなら、私はバレー部の顧問になっていた。少なくとも、スポーツ系のクラブを持っていた。でも、今は他にもいろいろ理由がある気がする。職員会議で決まって顧問になった。でも、今はそれだけではない気がする。垣内君が文芸部にいるのが、サッカーでしくじっただけではないように。

「先生、走りませんか？」

「へ？」

「走りましょう」

「今から？　何のために？」

「健全な人間は走らないと」

「何それ」

「大人でも健全なら走らないと」

垣内君が繰り返した。

「はあ？」

垣内君の言いたいことの意図がわからなくて、私はいらいらした。

「走らないとって思うんですけど」

垣内君は同じ言葉を丁寧に言った。

「嫌よ。寒いもん」

「走れば暖かくなります。走りましょう」

「どうして、最後の部活でそんなことしないといけないのよ」

「最後の部活だからですよ。とにかく走りましょう」

「もう一回同じこと言ったら、ぶっ殺すわよ」

私がそう言うと、垣内君はにっこり笑った。

「走りましょう」

垣内君のその声をスタートに、私達は一斉に図書室から飛び出した。階段を落ちるように走り降り、グラウンドに飛び出した。そう、飛び出した。堰《せき》を切ったように図書室から。

ランニング中の野球部や百メートルダッシュをしている陸上部の間をぬって私達はグラウンドを縦横無尽に走った。軽く流したり、時々思い出したみたいに全速力で走ったり、二人で競い合ったり、寄り添うように協力して走ったり、むやみやたらに走った。トラックどおりに走ったり、直線コースを走ったり、秩序も節操もなく走った。バレーやサッカーのトレーニングで走っているわけじゃないから、疲れようと身体に負担がかかろうとどうでもよかった。まして陸上練習じゃないから、フォームもタイムも関係なかった。ただ走る。しんどくなったら緩めて、飽きてきたらいい加減に。

走り幅飛びの順番を待ってる陸上部の生徒が怪訝《けげん》な顔をして見てる。「何やってるの?」ってサッカー部員の声がする。でも、何も気にならなかった。学生服の垣内君とスカートの私は気の済むまで好き勝手に走った。

考えてみたら、こんな風に走ったのは初めてだった。私は走る時はいつも目的意識を持っていた。バレーで生かせるように、持久力が付くように。そう考えて真剣に走っていた。グラウンドの土は雪が溶けて二日も経つのに、まだ水分を含んで柔らかい。靴はすっかり泥で茶色くなってしまっている。

息をあえがせながら、玄関のマットで靴の底をぬぐうと、私達は最後に猛ダッシュして階段を駆け上り図書室へ戻った。

「ああ、やばい。ひざが笑ってる」

私達は図書室にたどり着くと、そのまま床の上に仰向けにひっくり返った。汗が一気に噴き出す。

「なんだこれは」

「なんなんでしょうね」

私達はそう言って、天井を見上げたまま吹き出した。

「いやあ、ひざも笑ってるし、私も笑ってるし、体中が笑ってるし」

私はそれだけのことを言うのに、息が苦しくて恐ろしく時間がかかって、それがまた笑いをそそった。垣内君も珍しく声を立てて笑った。

「あれ、これって青春?」

「どうやらそのようですね」

精神と肉体が同じ方向に同じ分量だけ動かされている。頭も身体も同じように爽快に疲れて、同じような快感を感じていた。バレーボールに夢中だった頃、無我夢中になれる自分自身に青春を感じていた。今は我を忘れていない。思いっきり自分を感じて汗を流している。

「そうだ。実は部活動費でサイダーを買ったんです。飲みましょう」

「へ？」

垣内君はおもむろに起きあがると、図書室のカウンターの引き出しから缶を二つ出してきた。

「こんなものいつ買ったの？」

「昨日買って、朝図書室に来てこっそり忍ばせておいたんです。誰にも見つからなくてよかった」

「すごいね」

「実は僕は、ワルだから」

垣内君が笑った。

サイダーは冬のおかげでまだとても冷たかった。私は炭酸飲料は苦手だったけど、おいしかった。炭酸が、走って熱くなった身体を急激に冷やしてくれた。

「本当は夏に買いたかったんです。先生がクーラーを買えってごねてた頃に。炭酸飲めば、一瞬だけど涼しくなるだろうから」

「人聞きが悪いわね。別にごねてなんかないわよ」

「そうでしたか。でも、夏に買うと、すぐにぬるくなるでしょう？　ぬるいサイダーって、とても飲めたものじゃないし、冷蔵庫は図書室にないし、だったら冬に買おうって。実は夏から部活動費でサイダーを買う計画をしてたんです」

「ふうん」

垣内君の長期計画を聞きながら、サイダーを半分ほど飲むと、すっかり身体は冷えてしまった。冬のサイダーの威力はすごく、あんなに止まらなかった汗もすっかり引いてしまっている。

「寒いよね」

「確かに」

私達は窓を閉め切って、ストーブをつけた。

石油ストーブが低い音を立てて、ぱっと火がつく。私達はストーブの前に座り込んだ。

「そう言えば、私も夏、図書室で酸っぱい物食べたら涼しくなるなあって考えてたんだよ。でも、ここって飲食禁止でしょう。だから断念したの。なのに、部長がやるとはね」

「そうだったんですか。それはすいませんでした」

垣内君は素直に謝った。

「でも、どきどきする。これくらいの違反なんて全然たいしたことないのにね。サイダーなんていつだって飲めるのにすごくおいしく感じる。妙に貴重に思えるんだ。こういうことが。サイダー飲んだり、朝早くから本の整理したり、走ったり、読書したり。もう二度とできないような気がするからかな」

「またできますよ」

「そうかなあ。文芸部はなくなるかもしれないのに？」

「ええ。文芸部はなくなっても、先生は先生なんだから。きっとずっとこんなことがあるはずです」

垣内君が言った。

「だといいね」

私はぬるくなったサイダーをそれでもおいしいと思いながら飲み干した。

卒業式の一週間前に、三年生を送る会と主張大会がある。英会話クラブのレシテーションと、文芸部の発表がそこで行われる。

「今年はちょっとがんばりますよ」

発表前、垣内君は私を見つけると、にやりと笑った。

「あいつらをぎゃふんと言わせましょう」

体育館の壇上に立つと、垣内君は広げていた原稿を折り畳んで、ポケットに入れた。発表が始まるものと思っていたみんなは、いったいどうしたのかと垣内君の動きに注目した。

「この作文用紙には、川端康成と山本周五郎について書いてあるんだけど、そんなこと聞きたくないだろう?」

垣内君のいつもと違う口調にみんながざわついた。みんな彼は当然、理路整然と小難しい文学を語るのだと思っていた。

「僕は学者じゃないし、文学者や小説について見解を述べたりしたくない。みんなにとってそんなことどうでもいいんだから。本気で川端康成について知りたい人は、図書室へ来てください。たくさん本はあります。文学なんてみんなが好き勝手にやればいい。だけど、すごい面白いんだ。それは言っておきたい。だから、僕は三年間、ずっと夢中だった。毎日、図書室で僕はずっとどきどきしてた。ページを開くたび、文学について言葉を生み出すたび、僕はいつも幸せだった。冬にサイダーを飲んだり、夏に詩を書いたり。毎日、文学は僕の五感を刺激しまくった」

垣内君はみんなを見回しながら、堂々と語った。

「文学を通せば、何年も前に生きてた人と同じものを見れるんだ。見ず知らずの女の人に恋することだってできる。自分の中のものを切り出してくることだってできる。とにかくそこにいながらにして、たいていのことができてしまう。のび太はタイムマシーンに乗って時代を超えて、どこでもドアで世界を回る。マゼランは船で、ライト兄弟は飛行機で新しい世界に飛んでいく。僕は本を開いてそれをする」

垣内君はそう言うと、いつもの顔に戻って、照れくさそうに「以上です」と頭を下げた。

しばらくの沈黙の後で、拍手が響いた。垣内君は拍手にお辞儀で応えると、私に「どうだった?」って合図を送った。私はにっこり笑ってみせた。

私はどうやって「それ」をしようか。私の周りには猫型ロボットはいない。自家用ジェットどころか、パスポートだって持っていない。文学は面白いけど、私にとっての「それ」ではない。今の私には愛すべき人もいない。「それ」をする方法。自分以外の世界に触れる方法。今、思いつくのは一つだけだ。

卒業式の日、私と垣内君は、

「おめでとう」

「ありがとうございます」

「これからもがんばってね」

「はい」

の四つの言葉しか交わさなかった。

私は何だか物足りなかった。一年近く、一対一でいろんなものを共有してきた私達が、こんなにあっさり二度と会えなくなっていいものなのだろうか。

だけど、生徒ってそんなものなんだ。教師は特別な存在でもないし、友達でも何でもない。ただの通過点に過ぎないんだなって。それでいいんだと思う。それがいいんだと思う。私は自分の前を過ぎていく高校生をもっと見ていたい。図書室でサイダーは飲まないにしても、もっと学校でどきどきしていたい。そう思った。それにはやっぱり教師でいなくちゃだめだ。

「忘れてた。先生、一年間付き合ってくれて、ありがとうございました」

垣内君が走り寄ってきて、最後にそう言うと、また仲間のもとに戻っていった。

14

私の次の勤務先は、実家にほど近い、工業高校に決まった。

「こりゃ確実に襲われるな」

拓実は他人事《ひとごと》だからへらへら笑った。

「まあ、それでもいいや。生徒に襲われるなら、本望ってことで」

「なんかやらしい」

拓実は朝から酒屋で軽トラックを借りて、引っ越しを手伝いに来てくれた。新しい家は実家からすぐの所にある。実家に戻ればいいのにって拓実は言うけど、まだそれは早い気がした。

私は図書室での本の整理で付けた力を生かして、どんどん物を整理した。片づけの一番の方法は捨てることなのだが、拓実は私が捨てた物をすぐに拾い集める。

「だって、まだ使えるじゃない」

「そんなこと言ってたら大荷物になるもん。今度の家は小さいんだからね」

「じゃあ、俺がもらっておくことにする」

拓実は私の部屋にあった細々《こまごま》した物を全部引き取ってしまった。荷物を全部軽トラに詰め込んで、最後にと覗いたポストには三通の手紙が来ていた。

私はあまり手紙を書く習慣がないから、手紙をもらうことなどめったにない。同じ日に三通も手紙が来るなんてお正月みたいだ。

一通は、浅見さんからだった。去年のかもメールに書かれていて、相変わらずそういうことにはおおざっぱで、苦笑いした。

でかい字で、

お前が教師になるなんて笑えるけど、楽しいと思う。きっとうまくいくはずだけど、どうしても困ったら、助けてあげないこともないので、連絡しておいで。
と言っても、どうしても困ることになったら、いやなので、連絡がないことを祈ってます。

と書いてあった。
そして、もう一通は垣内君からだった。彼らしく、丁寧に二重封筒に入れられていた。

先生が先生になるなんて、喜ばしく思います。先生の明日と明後日がいい天気であることを祈ってます。

二重封筒に入れたわりに、簡潔な文章だったけど、よくわかった。自分の新しい生活のことを何も書いていないところが彼らしいと思った。
少なくとも、二人の素敵な男性にこれからのことを祈ってもらえるとはかなり幸せだなと思う。

そして、最後の一通は、とても重々しくて、だけど、これからの私を一番力づけるものだった。

早川清様
お元気ですか。あなたが教師としてこの街に戻ってくることを耳にし、思わず筆を執りました。突然のお便りお許し下さい。

時は確実に訪れるもので、えり子が亡くなって五年以上が経とうとしています。私達もその時間の中で、すこしずつ前を向けるようになってきました。

えり子がこの世を去ってしばらくは、えり子のお墓はとても華やかでした。たくさんの花やお供え物。いつも誰かが訪れてくれていました。

しかし、えり子が去って、一年が経つ頃には、えり子の墓前に添えられる花は、身内のものと、あなたのものだけになりました。二年経ち、三年経ち、それでもあなたの花が途絶えることはありませんでした。

あなたが毎月欠かさず供えてくれる花は、私達にえり子が確かに生き、生活を送ったこと、家族以外の人の心にもちゃんと残っている存在であったこと。それを知らせてくれる大切なものとなりました。

あれから長い年月が経ち、私達もえり子のいない生活をうまく過ごせるようになってきました。

今、あなたが添える花は、とても永く花を咲かせています。一ヶ月に一度、花を替える必要はないような気がします。一年に一度、あなたの時間が空く時だけで十分ではないかと思うのです。いえ、そうしてほしいのです。

あなたの新しい生活が始まるのですから。

山本三智子

「花を長持ちさせるこつってさ」

「何?」

拓実が振り返った。

「いや、案外簡単なんだね。今まで気付かなかった」

「だろ?」

私は三通の手紙を鞄に入れた。アパートを出ると、ちゃんと冬を終えて緩んだ風が吹いている。

「あっちに帰ったら、海を見るのもしばらくお預けかな」

「じゃあ、今日は一日見ていこうぜ」

軽トラに荷物を積み終えた私達は、荷台に登り、最後にと海を眺めた。夕暮れが迫って、まだ水が温《ぬる》んだばかりの新鮮な海は本当にきらきらと輝いていた。海面が波打つたびに、光を放って、きれいなオレンジ色を作った。

「こりゃ、神様の仕業としか思えないな」

拓実が夕焼けに顔を染めて言った。

「本当だね」

私も息をのんで海を眺めた。

神様のいる場所はきっとたくさんある。私を救ってくれるものもちゃんとそこにある。

しばらく海は見られないけど、違ったものが私を待っている。

「さあ、行こう」

私は荷台から飛び降りた。

雲行き

「絶対に降るから、持って行きなさいよ。傘」

今、母さんは独自の天気予報に凝っている。毎朝、何の根拠もない予報を立てては一日の天気を豪語する。お陰で私は空模様に拘らず、しょっちゅう傘を持たされる。

「一日を順調に過ごせるかどうかの鍵は天気が握っている」母さんの持論だ。晴れなのに傘を持っていては動きが鈍るし、心の準備なしに雨に降られるのは長年付き合った恋人に突然別れを告げられるのと同じくらい気が滅入ることなのらしい。

しかし、その予報とやらはいい加減なもので、我が家の二階から見える空の雲の面積と青空の面積によって割り出されたり、洗濯物に含まれる匂いの香ばしさの度合いによるものだったり、まったく説得力はない。もちろん、母さんは真剣そのもので、さまざまな方法を編み出してはややこしい計算をしたり、庭の虫を観察したりして、天気予報に専念している。

今回は天気予報だが、いつも母さんは何事にも必要以上に夢中になる。その代わり冷めるのも即行で、いつも趣味の域を越えてのめりこみ、趣味になる前に飽きてしまう。

この間まで母さんを魅了していたのはパッチワークで、リビングの三分の一が趣味の悪い母さんの作品で埋まっていた。その前はジグソーパズル。既製品では飽き足らず、自分でパズルを作り、ばらしては組み立てていた。川柳、編物、コーラス。母さんは秩序も節操もなく、あらゆるもののとりこになる。

最悪だったのはイタリア料理にはまっていた時で、私は二ヶ月の間ほぼ毎日、朝も晩も母さんの手打ちパスタを食べ続け、学校でにんにくの匂いを振りまいてはひんしゅくを買っていた。

「いらないって。こんないい天気なのに」

外は完全に晴れだ。私は母さんが出してあった折り畳み傘を片付けた。

「朝は晴れてても、昼過ぎから降るんだから」

母さんは傘を持たない私に不服そうに言った。

「一昨日もそう言ってたけど、結局雨なんて一滴も降らなかったじゃん」

「一昨日は調子が悪かったの。今日は冴えてるもの。絶対当たるわよ。ほら、ポトスの葉がうつむきかげんでしょ。うん。十一時過ぎから雨が降る」

母さんの天気予報はやたらめったら雨の確率が高いが、梅雨明け宣言を済ましたこの街に雨はあまり残っていない。そもそもそんなに雨に降られては困る。

雨は私の天敵だ。どういうわけか雨が降ると私は確実に頭痛を起こす。小雨だろうと豪雨だろうと通り雨だろうと、空から雨滴が落ちてきたら即行で頭が痛くなる。雨さえやめばぴたりと治まるからたいしたことはないのだけれど、梅雨の季節はバファリンが手放せなかった。

雨の降る前には、頭が重くなる。母さんのでたらめな天気予報より、私の頭のほうが的確に降水確率を当てられる。今日は頭が軽い。いつも以上にすっきりしている。

「俺は持っていくよ」

佐々木は大きな黒い傘を手に取った。

「ばかみたい」

家を出ると、私は佐々木の黒い傘を見ながら小声で言った。

「見てごらんよ、向こうのほう。空が黒ずんでいる」

佐々木は顔を上げて遠くの空を示してみせたが、残念ながら空はどこまでも真っ青だった。

「新聞見た？　降水確率0％だったよ」

朝のテレビも快晴だと言い切っていた。私が教えてやると、佐々木はふふふと笑った。

「見ず知らずの気象予報士と親愛なる里子さんとどっちが信用できる？　雨は降るよ」


佐々木は半年前にやって来た新しい父親だ。のめりこんではすぐに飽きる母さんには珍しく、佐々木とは六年の間付き合い続けていた。ゆっくりじっくり父親になったから、佐々木が母さんと結婚したことに抵抗はない。がむしゃらに働きはするけど、残念ながら器用とはいえない母さんの仕事っぷりを考えると経済的にも再婚は正解だった。佐々木は存在感の薄い奴だから、一緒に暮らすことも支障はなかった。

　ただ、私は佐々木を好きにはなれなかった。顔も性格もたいしたことないし、なんとなく気に入らなかった。

「そのうち良さがわかるわよ」母さんはそう言ってたけど、私はまだ佐々木の良いところを見つけられていない。


「雨降るか降らないか賭ける？」

　私は少し遅れて歩く佐々木のほうを振り返って言った。

「賭けるって？」

「佐々木、絶対雨降るんだと思ってるんでしょ？　そんなに自信あるんだったら賭けようよ。私は降らないって思うから」

　空はどこにも水分を含んでいない。私は１００％勝てる賭けを提案した。

「いいよ」

　佐々木はあっさり承諾した。

「いくら賭ける？」

「そうだな……。きりのいいところで、百万」

「百万!?」

私はせいぜい千円くらいの小遣いかせぎになればいいと思っていたから驚いた。

「どうせ賭けるんなら、それくらい思い切らないと面白くないだろ」

佐々木は大人の顔で笑って言った。

「そうかもしれないけど、百万ってほんとに佐々木払えるの?」

「僕は大丈夫。でも、中学生に百万はきついだろうから、雨降ったら、早季子《さきこ》ちゃんは僕の願いごとを一つ叶えることにしよう」

私は佐々木の提案を鼻で笑った。願いごと。どうせ「ちゃんとお父さんと呼べ」みたいなことを言うのだろう。気持ち悪い。まあ、雨は降らないからどうでもいいけど。

大通りに出ると、中学生がどっと増えた。私は速度を速めて、佐々木との距離を広げた。

「早季子ちゃん、いってらっしゃい」

佐々木の声を聞こえないふりをして、私は走り出した。

佐々木の欠点はたくさんあるけど、私がいちばん受け付けないのは、人目をはばからないところだ。道端だろうが店の中だろうが、誰と一緒にいようが何のかまいもせず、大きな声で私の名前を呼ぶ。ＴＰＯというものを知らない。

私はまだ中学生だけど、時と場合と接する人によって態度が変わる。二重人格とかいうのではなくて、それはとても自然なことで当たり前なことだ。なのに、佐々木はそういうのがまるでない。いつでもどこでも誰にでも全く同じ態度。母さんに対しても私に対しても全くの他人に対しても同じ。

母さんと佐々木が結婚する前に、何度か三人で食事に行ったことがあるが、佐々木はフランス料理店だろうが、ラーメン屋だろうが、いつも同じテンションで注文し、私を時々赤面させた。母さんはそこがいいところなのよ、と言うけど、まったく理解できない。

「おはよう。水原」

「だから……」

「そっか、ごめんごめん佐々木」

井上はいまだに私を前の苗字で呼ぶ。私が佐々木になってからしばらくは、間違える人が何人かいたが、今は井上だけだ。

「どっちでもいいんだけどね」

私がそう言うと、井上がにこりと笑った。

「だと思った」

井上は不思議な奴だ。

男で唯一手芸部に入り、昼休みは図書室で過ごす。学校生活では確実に嫌われるキャラクターなのだが、最初の自己紹介で、「僕は恐ろしく暗いし、いじいじしています」と言ってのけたせいか、みんな逆に一目置いていた。

実際の井上は自分で言うほど暗くもなく、誰とでもすぐに打ち解けて仲良くできた。ただ、四人以上での行動ができないらしく、体育の授業もバレーやバスケになると欠席する。

「人が一度に話せる人数とか、見ることのできる人数って限られてるだろ。俺は四人が限度。一緒に行動しているのに、視野に入らない人間がいたり、口をきかない人間がいると思うと、呼吸困難に陥るんだ」

いつかそう言ってた。

別にとびきり井上と仲が良いわけではないが、私が頭痛持ちだってことを知っているのは井上だけだ。


三週間ほど前の雨の日。普段は雨を連発する母さんがその日は「確実に晴れる」と自信たっぷりに言い放った。珍しい晴れの予報に嬉しくなった私はうっかり母さんを信じて、梅雨なのに傘を持たずに家を出た。

案の定、下校前に雨は降り出した。それもかなり勢いよく。でも、私は傘がないことに困っていたわけではない。雨が降ったら頭が痛くて、他のことはどうでも良くなる。雨に濡れることは気にならなかった。

親しい友達も見当たらなかったし、下足室からそのまま駆け出そうとしたら、井上に引き止められた。

「雨に濡れたら、よけい頭痛くなるよ」

井上はそう言って、私に傘を差し出した。

「頭?」

私は自分以外の人間が、私の頭痛を知っているとは思わなかったからきょとんとした。

「頭じゃないの？　おなか？　とにかくどっか痛いんだろ？」

井上はそう言った。

「どこか痛そうな顔してる？」

井上は私の顔を眺めてから首を振った。

「そうでもないけど」

私はその答えに安心した。

自分の中に決めごとがあるとしたら、私の決まりは頭痛を一人で乗り切ることだ。人に知られちゃいけない。だから、どんなに痛くても、母さんにだって言わない。こっそり頭痛薬を買うから、お小遣いは薬代に消えてしまう。どうして頭痛を隠さなくてはいけないのかはよくわからない。でも、そうなのだからしかたない。すごくくだらないことだけど、頭痛を一人で抱えることが私の強さだと思っているし、人に悟られずにいる自分を気に入っていた。

「じゃあ、どうして？」

「そんな気がしたから」

井上が言った。

「そんな気って……」

「いつも、佐々木雨降るとつまらなそうだし」

「それは、雨だからでしょ。誰だって雨嫌いじゃん」

「俺は好きだけど」

「井上は変わってるから」

井上が笑って、ちょっと空気が緩んだ。

「とにかくさ、傘貸してやるよ」

そう言って井上がもう一度差し出してくれた傘を見て、私は笑った。

「これって」

傘は黄色くて小さくて、アニメのキャラクターが描いてあった。

「妹の」

井上が少しだけ照れくさそうに言った。

「セーラームーン？」

私は傘を広げた。

「いや、似てるけど違う。一応何とかムーンって名前だったけど、もっと複雑な名前だった」

井上の妹は何年か前に事故で亡くなった。だから、井上の持ち物は小学校低学年の女の子の物が多い。どうしてわざわざ妹の物を持つのか、私にはよくわかった。

そして、アニメキャラクターの傘は、私をかわいそうな気持ちにではなく、いとおしい気持ちにさせた。

「井上は？」

「俺は走って帰るよ」

「濡れるじゃん」

「大丈夫、俺陸上部だから」

「へえ。うちの学校の陸上部って、マフラーやぬいぐるみ作ったりするんだ」

「筋トレのためにね」

井上は澄ました顔で言った。

「一緒に帰ろう」

私はそう言った。別に井上のことを好きだったわけじゃない。この何とかムーンの傘に一緒に入りたいと思った。ただそれだけ。

「面倒じゃん」

井上は思った通りそう言った。

「何が？」

私はわかってるくせに聞いた。一つの傘で一緒に帰れば、みんなに煩わしいことを散々言われる。中学生はそういう噂が大好きなのだ。

井上は私の質問には答えなかった。その代わり、私に聞いた。

「で、佐々木が痛いのはどこ？」

私たちは小さくて全く役に立たない傘で帰った。傘を差しているのに、二人ともびしょ濡れだった。濡れずに済んだのは井上と触れ合っていた右肩だけだった。

「今日、やばそうじゃん」

あの日以来、雨の気配がある日、必ず井上はそう言う。

「今日？」

「この晴れっぷりはあやしいね」

井上はもっともらしい顔で言った。

「いやがらせでしょ」

私は膨れてみせた。教室から見える空はとてもきれいだ。

「完全な晴れはその後の雨をもってして成り立つ」

井上が偉そうに言った。

「何それ」

「完全な幸せの後には必ず悲しい出来事があるのと同じようにさ」

「図書室の本の受け売り？」

ドラマや流行の歌で聞き飽きたような安っぽい言葉に、私は顔をしかめた。

「いや、水戸黄門の歌詞を現代風にアレンジしてみた」

「水戸黄門？」

「人生楽ありゃ苦もあるさ。雨が降れば傘を差す。晴れを捜していざ進め。あの歌は全てに通ずるね」

井上は機嫌よく歌ったけど、歌詞も音程も間違っている。しかも井上の格言の元になる部分はどこにもない。でも、いいと思う。井上の無意味な格言も、井上が歌うはちゃめちゃな水戸黄門のテーマソングも。

私は井上を気に入っている。そして、きっと井上も私を好きなんだろうと思う。人を好きになるのって瞬間の積み重ねだ。

何とかムーンの傘を愛しいと思った。バスケになると休む井上が気になった。時々井上の吹くいんちき臭い言葉が頭に残った。そういうのが積もっていく。この先、井上を心地よいと思う瞬間は増えていくだろう。

昼を過ぎて私が帰る頃には、太陽は一日のエネルギーを出し切りながら、夕焼けの準備を始めていた。思う存分に陽をこの街に注ぎ込んでいる。今日は一日、傘の出番は無い。

「良かったね。帰るまでもちそうじゃん」

井上は私にそう言って、家庭科室へと飛んでいった。体育会系のクラブと違って文化部は暇つぶし程度ののんびりムードなのに、井上は手芸部に命をかけている。

「いってらっしゃい」

井上の姿はもうとっくに見えなかったけど、私はそう言った。

佐々木は本当に百万払うつもりだろうか。まあ、百万は無理だとしても一万くらいはぶん取れるかな。臨時収入のことを考えながら校門を出た私はびっくりして足を止めた。門の前に佐々木が立っていた。

「やあ」

佐々木は私を見つけて右手を上げた。

「何なの？」

「残念ながら、雨降りそうにないって思って」

「だから？」

「百万の代わりに早季子ちゃんを迎えにきた」

佐々木はにっこり笑った。

「迎えにきたって、佐々木会社は？」

まだ五時前だ。仕事が終わるには早すぎる。

「早退してきた」

私は佐々木の答えに顔をしかめた。前からおかしな奴だとは思っていたけど、やっぱりいかれている。

「迎えにきても百万の代わりにならないよ」

「大切な商談をすっぽかして来たんだよ。百万どころの騒ぎじゃない」

佐々木は勝手なことを言って、

「せっかくだから、ついでに傘を差そう」

と黒い傘を広げた。もちろん雨はどこにも降っていない。

「やだ止めてよ。かっこ悪い」

私は周りに同じクラスの子がいないかときょろきょろした。

「かっこ悪いって？　失敬な。この傘は誕生日に里子さんが買ってくれた高級品だよ」

佐々木が不服そうに言った。

「そういう意味じゃなくて、雨降ってないのにそんな傘差さないでって」

黒い大きな傘はどう見ても雨傘にしか見えない。

「夏前の日差しはお肌に悪いんだよ。美人でいるためには多少の恥は我慢しないと」

佐々木はおかしな理屈を真顔で言うと、傘を差したまま悠々と歩き出した。私は佐々木に傘を閉じさせるのを諦めて、佐々木の後を少し離れて歩いた。

きれいに晴れた空の下で、黒い傘は佐々木をひと回り大きく見せた。佐々木が好きか嫌いかは別にして、黒のこうもり傘は佐々木に良く似合っていて、晴天に傘を差すという不自然さを帳消しにしていた。


佐々木と初めて会った日、その時もこんな具合に佐々木を後ろから眺めていた。まだ八歳か九歳だった私は佐々木の大きな後ろ姿に引かれた。

「早季子ちゃんって呼んだらいいのかな」

佐々木は少し恥ずかしそうに言った。女の子をちゃん付けで呼ぶのって何年ぶりかだからって。

私はなんて呼んでいたのだろう。まさか初めから佐々木と呼んでいたわけではない。

初めて佐々木と母さんと出かけたのは三段池という大きな池だった。名前と違って何も三段にはなってなく、ただただとてつもなく大きな池があった。

佐々木と母さんと三人で出かけた場所はたくさんある。私が小学生だった頃は、二人して必死でいろんなところへ連れて行ってくれた。ディズニーランドも海も行った。

でも、私が覚えているのは三段池だ。

秋の終わりで落ち葉がいっぱいの池の周りを三人で歩いた。私は落ち葉を踏んで音を鳴らしながら、二人の後ろから歩いた。

こんな大きな池があるのか。池というのはこんなにも静かなものなのか。池はこんなにもたくさんのものを映すのか。私は妙に感心した。自分の知らなかったものを見せてくれた佐々木をすごいと思った。

そうだ。第一印象は悪くなかった。なのに、どうしてか私は佐々木と仲良くなれなかった。会えば会うほど距離を作ってしまった。違う形だったらうまくやれたのだろうか。父親として受け入れようとするから好きになれないのだろうか。

あれから私の身長は十センチ以上伸びたはずだ。でも佐々木の背中は変わらず大きく見える。

「ねえ、佐々木の願いごとってなんだったの?」

学校から数分歩いて生徒の波から遠ざかったのを確かめると、私は佐々木の横に並んだ。

「願いごと？」

佐々木は歩く速度をゆるめると、私も入るように傘を差しだした。

「賭けに勝ったら、一つ願いごとを叶えてって言ってたじゃない」

「そっか。そんなことを言っていたのか」

「今日の朝の話だよ」

私が言った。

「願いごとねえ……」

佐々木は首をひねった。

「ないの？」

「うーん。あ、あるある。今できた。会社早退したこと里子さんに黙っていて」

佐々木の即席願いごとに私は顔をしかめた。

「黙っていてもなにも、こんな時間に二人で帰ったら、母さんに怪しまれるよ」

「そっか。だったら道草しよう」

「道草？」

「そ。道草。氷を食べて帰ろう。百万のオプションとして奢るからさ」

賭けに負けた佐々木の願いを叶える必要はなかったけど、おかしな男と結婚したことに気付いて、母さんが悲しまないように、私は誘いに乗ることにした。

「氷ってこの辺に食べられるところあるかな」

佐々木は誘っておいて無責任なことを言った。

「知らないよ」

「まあどこでも氷ぐらい出してくれるか。もうすぐ夏なんだから」

「どこでもって……。私、この近辺でかき氷食べた記憶ないよ」

私の住む町はすっきり片付いていて、駅の周りにしか店がない。他は住宅が規則正しく並んでいるだけだ。生まれたときからずっとこの町にいるけど、駅前でしか物を食べたことがない。

「大丈夫。うろうろしてるうちに適当な店が出てくるさ」

佐々木が言った。いつもそうだ。行き当たりばったりでその場しのぎで。私は時々そんな佐々木に不安になった。その能天気さにいらだった。佐々木といる一瞬一瞬は、それなりに楽しかった。でも、佐々木とは一瞬一瞬を過ごすだけでは済まない。

氷を食べられる店を捜し始めた私たちはあちこちの路地にむやみやたらに入り込ん

では行き止まり、何度も同じ道に出くわした。

「この道さっきも通ったよ」

「じゃあ、今度は右側通行で歩こう」

そんな幅のある道じゃないから、どこを通ろうと一緒だ。私はわざとらしいため息を何度もつきながらも、佐々木に従って歩いた。

うんざりしながら足を進めていたけど、不思議なことに丁寧に歩けば、それなりにいろんなものが見つかった。今まで存在すら知らなかった小さな文房具店や、どこかの奥さんが趣味で始めただけで売上げの全くなさそうな可愛い絵本屋さんがあった。誰が面倒を見ているのか弱そうなあじさいがたくさん植えられた空き地があって、きちんと世話の行き届いたこぎれいなお地蔵さんがあった。

佐々木は私が何かを見つけて足を止めるたびに、ぴったりのタイミングで「な」って嬉しそうに言った。まるでそこにあるのを知っていたみたいに。私は何だか悔しくて、「だからどうしたのよ」って顔をしてみせたけど、本当はびっくりした。うっかり「すごいね」って佐々木に言ってしまいそうになるくらいに単純に驚いていた。

足を進めれば進めるだけ、知らないものを見ることができた。自分の家から歩いて行ける範囲にも見たこともない景色がある。それはちょっとした感動だった。ただ、その感動以上に私の足は疲れてきた。

「ねえ、もういいじゃん。帰ろう」

足が痛くなりだして、私が言った。学校帰りに遠回りはさすがにきつい。

「もうちょい。もう少しで見つかりそうな気がする」

佐々木が言ったけど、それは気のせいだ。

「だったらバス乗って、駅前まで出たほうが早いよ。駅前の喫茶店だったら、たぶんかき氷あるから」

私がせっかく提案してやったのに、佐々木が却下した。

「それじゃあ、今まで歩いた時間がむだになるじゃん。今、駅に出ることは負けを認めたも同然だよ」

「誰に何の負けを認めたのよ」

「さあ」

佐々木は自分で言っておきながら首をかしげると、また歩き始めた。

「もう歩きたくないって」

私は佐々木の背中に向かって言った。

「大丈夫。歩けるって。早季子ちゃんは自分で思うよりずっと歩けるから」

「何よ。その訳のわからない理屈は。だいたい私が賭けに勝ったのに、どうしてこんなしんどい思いしなくちゃいけないの」

ぶつぶつ言いながらも、私は佐々木をうまく説得できず、再び家の近辺をぐるぐる歩いた。


「どうなんだろう。わからないや。好きだと言い切れるほど、早季子ちゃんのこと知らないから」

私が中学校に入る前、つまらないことで佐々木と言い合った時のことだ。

「私のこと嫌いなんだろ。正直に言えよ」

私が言ったら佐々木がそう答えた。

正直に言えとは言ったものの、好きだと言い切らなかった佐々木に私はショックを受けた。その頃には佐々木が父親になるだろう予感はしていたから、佐々木のいい加減な態度が頭にもきた。

その後、私は家を飛び出し、もちろん、母さんに怒られた佐々木が私を探しにきた。

しかし、その時の佐々木がまたひどかった。

「頼むから、帰ろうよ。里子さんに怒られるからさあ」

「どうしたらいい？　好きだって言えばよかったのかなあ。でも早季子ちゃん僕のこと好きでもないだろう。そんな相手に好きって言われても仕方ないじゃん」

佐々木の言葉は私をどんどん嫌な気持ちにさせた。結局私たちは和解することはなく、佐々木の最後の手段は、私にスニーカーを買うという情けないものだった。


「あ、あった！」

「そういえば！」

佐々木と私がほとんど同時に叫んだ。

そう、あのけんかして私が飛び出して、佐々木がひどいことをいっぱい言った恐ろしく気まずい家への帰り道。私の先を行ったり後ろに回ったりしながら歩く佐々木が「氷」と書かれた喫茶店の幟《のぼり》にぶつかった。ひらひらの幟にぶつかってよろける佐々木に私は泣きたくなった。あまりに頼りなくいい加減で、全く解せなくて。その時の私が佐々木のことでわかっていたのは、母さんのことを愛しているらしいということだけだった。

「どこだったっけ?」
「覚えてないなあ。佐々木は?」
「僕も覚えてないよ。あの時は早季子ちゃんをなだめるのに必死だったから」
「私だって、怒ってたもん」

そう言いながらも、私の記憶は少しずつ晴れてきた。

そう、児童公園を抜けて真っ直ぐ行って細い裏道に入ったら、三軒ほど店が並んでいる。散髪屋さんとつぶれた八百屋さん、そして喫茶店だ。

目的が見えずに歩いていた時とは全く違って、私たちの足取りはすっかり軽く、さっきまでの三倍近い速度で進んだ。散髪屋さんも八百屋さんも閉まっていたが、鄙《ひな》びた喫茶店はちゃんと開店していた。

私達は喫茶店に入ると、並んで座った。三つの小さなテーブルとカウンターしかない店。電灯も薄暗く、古めいてはいたが、掃除は行き届いていてきれいな店だった。

「えっと、氷イチゴ二つ」

佐々木はお絞りと水を持ってきた愛想のない店の主人にそう言った。

「ちょっと、なんで私の分まで勝手に決めるのよ」

私は何の断りもなく、氷イチゴを頼んだ佐々木に膨れた。

「だって、あとミルクとみぞれとレモンだよ」

佐々木はイチゴを選ぶのが当然だといわんばかりに言った。実は、私もイチゴが好きだけど。

「そうだけど、失礼じゃん」

「いいじゃん、結局は蜜に色ついているだけでみんな同じ味なんだから」

佐々木はそう言って笑った。私も怒っていたのに、なんだか笑えた。

今年初めてのかき氷は、細く削られた淡いピンクで、舌の上で一瞬にして跡形もなくなった。まだ夏になりきっていない私の体はたった一杯の氷イチゴで完全に冷やされてしまった。佐々木とけんかして飛び出したあの時の記憶も、百万円のオプションとして歩き回った今さっきの道のりも、氷イチゴと一緒に私の体にしっかり溶けてしまった。

氷を食べ終えて外に出ると、天気は良いのに、さっき食べた氷のような覚束無《おぼつかな》い雨が降っていた。

「あ、雨？」

見上げた私の顔の上に真っ青な空から柔らかい雨粒が落ちた。

「ほらね」

佐々木はそう言って黒い傘を広げた。

解説　垣内君は正しい

山本幸久

ぼくは垣内《かきうち》君の意見に激しく賛同する。そうだ、垣内君の言う通りだ、文学なんてみんなが。

あっ。ちょっと待った。

いま、これを読んでいるあなた。そう、あなたです。『図書館の神様』は読み終えましたか？　まだ？　よもやこの文庫本を買ってもいない？　この解説を読んで買おうかどうかなんて、迷ってないでしょうね？　そういうのを、下手の考え休むに似たり、というんです。さっさとレジへ走りなさい。いや、歩いていってもいいけど、とにかくこの文庫本をお買いなさい。なぁに、絶対、損はさせません。そしてさっさといちばんはじめのページに戻って、『図書館の神様』をお読みなさい。この文章（解説っていうほどおこがましいものじゃないので）は、頭のてっぺんからしっぽの先まで、ぜんぶネタバレと言っていい。少なくともこの小説を読み終えたひとを対象に書いてあるのだ。

読み終わりましたか？　はい。では話のつづきをさせていただきます。

そうだ、垣内君の言う通りだ。

「文学なんてみんなが好き勝手にやればいい、だけどすごく面白いんだ。」

そんな垣内君に倣《なら》って、まずは川端康成の話をしましょう。ぼくはこの作中にでてくる『抒情歌』も『骨拾い』も読んだことがないのですが、ほかの作品で、鼻血がでてくる場面があるのを一編、知っていました。『山の音』という作品でして、還暦を過ぎた男の主人公が、息子の嫁さんに淡い恋心なんて生易しいものじゃない、もっと生々しい感情を持つんですよ。読んでいると、「息子の嫁のために、息子を感覚的にも憎むのは、信吾（主人公の名前です・山本註）も少し異常だと気づきながらも、自分がおさえられなかった。」なんて一文にでっくわしますから。六十過ぎの男性が、「自分がおさえられ」ないのはヤバくね？　と思うでしょ。実際、相当ヤバい。小説のなかばよりも手前で、嫁さんが鼻血をだします。主人公はそんな彼女の背中に手をまわし、仰向けに寝かせるんですが、このあたりもだいぶヤバい。この小説、映画化されていまして（監督・成瀬巳喜男、脚本・水木洋子、一九五四年作品）、主人公の男が山村聰、嫁さんは原節子。小説どおり原節子が鼻血をだします。これがね、なんつうか、美しいんだなあ。

川端康成のほかの作品にも鼻血の描写がでてくるのかな、とも思い、この機会に読みあさってみようかとも思う。これって川端文学への冒瀆？

つぎに山本周五郎。ぼくは『青べか物語』が好き。というか、すいません、ほかには『赤ひげ診療譚』とか『寝ぼけ署長』とか、数える程度しか読んでいません。『さぶ』も読んでいませんでした。ただ、ぼくは短編の小説を書く前に、『青べか物語』を手にすることがよくあります。書いている途中でもパソコンのとなりに置いておき、行き詰まると、ぺらぺらめくり、読むというより眺めます。おっとそうだ、川端康成の『掌の小説』もだった。これらの小説に宿っているなにかを少しでも抽出し、自分の小説に反映できないかと思っちゃうんですよね。できた試しはありませんが。

夏目漱石はけっこう読んでいます。清《きよ》さんと同い年くらいの頃、いきなり思い立って、ちくま文庫から全集がでていたのを端から読んでいったんですね。あっ。いま突然、思いだしたぞ。当時、島田雅彦の『彼岸先生』を新刊で読んだあと、夏目漱石の『こころ』が元ネタだと知り、すぐつぎに読んだんだっけ。それからつぎつぎ読んでいったんだ。『こころ』はたしかにヘビーだよなぁ。加藤さんじゃないけれど、ぼくも読んでいて具合が悪くなったおぼえがある。あれ？　ちがう作品だったかもしれない。もしかしたら『それから』だったかな。

『吾輩は猫である』がいちばん好きなのですが、『三四郎』にはえらく思い入れして読みました。なんつうんですかね、女性にからかわれるというか、惑わされる三四郎が他人事に思えなかったものですから。

といった具合にですね。

『図書館の神様』を読んでいるあいだ、話の筋を追いつつ、あちらこちらに出現する文学者や作品について、思いを巡らせておりました。清さんや垣内君に話しかけるようにです。いっしょになって文芸部を楽しんでいた、といったところでしょうか。

そんなふうにして仲間になりたいほど、ふたりの関係は読んでいて心地よく、うらやましいんだなあ。ふたりはお互いの胸の内を明かしあったりしません。清さんは垣内君にむかって、山本さんや不倫相手のことについて語らない。垣内君も中学の時サッカー部のキャプテンで、部員の一人を入院させたことを清さんに言いはしません。相手の事情を知ろうともしない。文芸部の顧問と生徒という立場を、ときには、ではないな、ほとんどいつも逆転させながらもその関係を崩そうとしない。ふたりのあいだには文学があるだけです。サイダーもあったけどね。まあ、文学のみと言っていい。夜中に電話をかけるのは、『さぶ』がおもしろかったことを伝えるだけ。ほんとにそれだけ。潔く美しい。だからこそ、ふたりのあいだで最後に交わされた四つの言葉は胸をうつ。ごくありきたりで、これといった特徴のない社交辞令でしかない、その言葉が心に染み渡っていく。垣内君が清さんに送った手紙の簡潔な文章もまたそうだ。「明日と明後日がいい天気であることを祈ってます。」もらってみたいよ、こんな手紙。

一見、希薄ではあるものの根っこの部分で繫がっていて、べたべたしないが素っ気ないわけでなく、情には流されないが情の厚さを知っている。そんなふたりの関係。いいなあ。

おお、もしかしたらこれは『図書館の神様』に限らず、瀬尾まいこさん（敬称略さず）の作品と読者との関係のようにも思えてきたぞ。ちがうかな。どうかな。これはひとつ、瀬尾まいこさんの作品を読み直して考えてみよう。

それ以外にもひとつ、別件でたしかめたいことがありまして。この文庫に収録されている短編「雲行き」なのですがね。ここでも主人公が頭痛持ちなのだな。川端康成の作品にどれだけ鼻血がでてくるのかと同様、瀬尾まいこさんの作品にどれだけ頭痛がでてくるのか、知ってみたい。知ったところでどうなんだと言われてもこまりますが。

「文学は僕の五感を刺激しまくった」

垣内君の意見に激しく賛同する。

いま『図書館の神様』を読み終えたあなたもまた、この意見に賛同しているはずだと信じながら、以上、おしまい。

（作家）

「図書館の神様」は二〇〇三年十二月、マガジンハウスより刊行されました。
「雲行き」は『鳩よ！』（二〇〇二年五月号、マガジンハウス）に掲載されました。

新版 思考の整理学 外山滋比古

「東大・京大で1番読まれた本」で知られる〈知のバイブル〉の増補改訂版。２００９年の東京大学での講義を新収録し読みやすい活字になりました。

質問力 齋藤孝

コミュニケーション上達の秘訣は質問力にあり！これさえ磨けば、初対面の人からも深い話が引き出せる。話題の本の、待望の文庫化。（斎藤兆史）

整体入門 野口晴哉

日本の東洋医学を代表する著者による初心者向け野口整体のポイント。体の偏りを正す基本の「活元運動」から目的別の運動まで。（伊藤桂一）

命売ります 三島由紀夫

自殺に失敗し、「命売ります。お好きな目的にお使い下さい」という突飛な広告を出した男のもとに、現われたのは？（種村季弘）

こちらあみ子 今村夏子

あみ子の純粋な行動が周囲の人々を否応なく変えていく。第26回太宰治賞、第24回三島由紀夫賞受賞作。書き下ろし「チズさん」収録。（町田康／穂村弘）

ベルリンは晴れているか 深緑野分

終戦直後のベルリンで恩人の不審死を知ったアウグステは彼の甥に訃報を届けに陽気な泥棒と旅立つ。歴史ミステリの傑作が遂に文庫化！（酒寄進一）

向田邦子ベスト・エッセイ 向田邦子 向田和子編

いまも人々に読み継がれている向田邦子。その随筆の中から、家族、食、生き物、こだわりの品、旅、仕事、私……、といったテーマで選ぶ。（角田光代）

倚りかからず 茨木のり子

もはや／いかなる権威にも倚りかかりたくはない……話題の単行本に3篇の詩を加え、高瀬省三氏の絵を添えて贈る決定版詩集。（山根基世）

るきさん 高野文子

のんびりしていてマイペース、だけどどっかヘンテコな、るきさんの日常生活って？ 独特な色使いが光るオールカラー。ポケットに一冊どうぞ。

劇画 ヒットラー 水木しげる

ドイツ民衆を熱狂させた独裁者アドルフ・ヒットラーとはどんな人間だったのか。ヒットラー誕生からその死まで、骨太な筆致で描く伝記漫画。

ねにもつタイプ　岸本佐知子
何となく気になることにこだわる、ねにもつ。思索、奇想、妄想はばたく脳内ワールドをリズミカルな名短文でつづる。第23回講談社エッセイ賞受賞。

TOKYO STYLE　都築響一
小さい部屋が、わが宇宙。ごちゃごちゃと、しかし快適に暮らす、僕らの本当のトウキョウ・スタイルはこんなものだ！　話題の写真集文庫化！

自分の仕事をつくる　西村佳哲
仕事をすることは会社に勤めること、ではない。仕事を「自分の仕事」にできた人たちに学ぶ、働き方のデザインの仕方とは。（稲本喜則）

世界がわかる宗教社会学入門　橋爪大三郎
宗教なんてうさんくさい⁉　でも宗教は文化や価値観の骨格であり、それゆえ紛争のタネにもなる。世界宗教のエッセンスがわかる充実の入門書。

ハーメルンの笛吹き男　阿部謹也
「笛吹き男」伝説の裏に隠された謎はなにか？　十三世紀ヨーロッパの小さな村で起きた事件を手がかりに中世における「差別」を解明。（石牟礼道子）

増補　日本語が亡びるとき　水村美苗
明治以来豊かな近代文学を生み出してきた日本語が、いま、大きな岐路に立っている。我々にとって言語とは何なのか。第8回小林秀雄賞受賞作に大幅増補。

子は親を救うために「心の病」になる　高橋和巳
子は親が好きだからこそ「心の病」になり、親を救おうとしている。精神科医である著者が説く、親子という「生きづらさ」の原点とその解決法。

クマにあったらどうするか　姉崎等　片山龍峯
「クマは師匠」と語り遺した狩人が、アイヌ民族の知恵と自身の経験から導き出した超実践クマ対処法。クマと人間の共存する形が見えてくる。（遠藤ケイ）

脳はなぜ「心」を作ったのか　前野隆司
「意識」とは何か。どこまでが「私」なのか。死んだら「心」はどうなるのか。――「意識」と「心」の謎に挑んだ話題の本の文庫化。（夢枕獏）

しかもフタが無い　ヨシタケシンスケ
「絵本の種」となるアイデアスケッチがそのまま本に。くすっと笑えて、なぜかほっとするイラスト集です。ヨシタケさんの「頭の中」に読者をご招待！

おまじない　西加奈子

さまざまな人生の転機に思い悩む女性たちに、そっと寄り添ってくれる、珠玉の短編集、いよいよ文庫化！　巻末に長濱ねると著者の特別対談を収録。

通天閣　西加奈子

このしょーもない世の中に、救いようのない人生に、ちょっぴり暖かい灯を点す驚きと感動の物語。第24回織田作之助賞大賞受賞作。（津村記久子）

沈黙博物館　小川洋子

「形見じゃ」老婆は言った。死の完結を阻止するために形見が盗まれる。死者が残した断片をめぐるやさしくスリリングな物語。（堀江敏幸）

注文の多い注文書　小川洋子　クラフト・エヴィング商會

バナナフィッシュの耳石、貧乏な叔母さん、小説に隠された〈もの〉をめぐり、二つの才能が火花を散らす。贅沢で不思議な前代未聞の作品集。（平松洋子）

図書館の神様　瀬尾まいこ

赴任した高校で思いがけず文芸部顧問になってしまった清(きよ)。そこでの出会いが、その後の人生を変えてゆく。鮮やかな青春小説。（山本幸久）

僕の明日を照らして　瀬尾まいこ

中2の隼太に新しい父が出来た。優しい父はしかしDVする父でもあった。この家族を失いたくない！　隼太の闘いと成長の日々を描く。（岩宮恵子）

星間商事株式会社社史編纂室　三浦しをん

二九歳「腐女子」川田幸代、社史編纂室所属。恋の行方も友情の行方も五里霧中。仲間と共に「同人誌」を武器に社の秘められた過去に挑む⁉（金田淳子）

ラピスラズリ　山尾悠子

言葉の海が紡ぎだす、〈冬眠者〉と人形と、春の目覚めの物語。不世出の幻想小説家が20年の沈黙を破り発表した連作長篇。補筆改訂版。（千野帽子）

聖女伝説　多和田葉子

少女は聖人を産むことなく自身が聖人となれるのか？　著者の代表作にして性と生と聖をめぐる少女小説の傑作がいま蘇る。書き下ろしの外伝を併録。

ピスタチオ　梨木香歩

棚(たな)がアフリカを訪れたのは本当に偶然だったのか。不思議な出来事の連鎖から、水と生命の壮大な物語「ピスタチオ」が生まれる。（管啓次郎）

包帯クラブ　天童荒太
傷ついた少年少女達は、戦わないかたちで自分達の大切なものを守ることにした。生きがたいと感じるすべての人に贈る長篇小説。大幅加筆して文庫化。

つむじ風食堂の夜　吉田篤弘
それは、笑いのこぼれる夜。――食堂は、十字路の角にぽつんとひとつ灯をともしていた。クラフト・エヴィング商會の物語作家による長篇小説。

虹色と幸運　柴崎友香
珠子、かおり、夏美。三〇代になった三人が、人に会い、おしゃべりし、いろいろ思う一年間。移りゆく季節の中で、日常の細部が輝く傑作。（江南亜美子）

変《か》半《わり》身《み》　村田沙耶香
孤島の奇祭「モドリ」の生贄となった同級生を救った陸と花蓮は祭の驚愕の真相を知る。悪夢が極限まで疾走する村田ワールドの真骨頂！（小澤英実）

君は永遠にそいつらより若い　津村記久子
22歳処女。いや「女の童貞」と呼んでほしい――。日常の底に潜むうっすらとした悪意を独特の筆致で描く。第21回太宰治賞受賞作。（松浦理英子）

アレグリアとは仕事はできない　津村記久子
彼女はどうしようもない性悪だった。すぐ休み単純労働をバカにし男性社員に媚を売る。大型コピー機とミノベとの仁義なき戦い！（千野帽子）

さようなら、オレンジ　岩城けい
オーストラリアに流れ着いた難民サリマ。言葉も不自由な彼女が、新しい生活を切り拓いてゆく。第29回太宰治賞受賞・第150回芥川賞候補作。（小野正嗣）

星か獣になる季節　最果タヒ
推しの地下アイドルが殺人容疑で逮捕!? 僕は同級生のイケメン森下と真相を探るが――。歪んだピュアネスが傷だらけで疾走する新世代の青春小説！

とりつくしま　東直子
死んだ人に「とりつくしま係」が言う。モノになってこの世に戻れますよ。妻は夫のカップに弟子は先生の扇子になった。連作短篇集。（大竹昭子）

ポラリスが降り注ぐ夜　李琴峰
多様な性的アイデンティティを持つ女たちが集う二丁目のバー「ポラリス」。国も歴史も超えて思い合う気持ちが繋がる7つの恋の物語。（桜庭一樹）

土曜日は灰色の馬　恩田陸

顔は知らない、見たこともない。けれど、おはなしの神様はたしかにいる――。あらゆるエンタメを味わい尽くす、傑作エッセイを待望の文庫化！

この話、続けてもいいですか。　西加奈子

ミッキーこと西加奈子の目を通すと世界はワクワク、ドキドキ輝く。いろんな人、出来事、体験がてんこ盛りの豪華エッセイ集！　（中島たい子）

なんらかの事情　岸本佐知子

エッセイ？　妄想？　それとも短篇小説？　……モヤッとするのに心地よい！　翻訳家・岸本佐知子の頭の中を覗くような可笑しな世界へようこそ！

絶叫委員会　穂村弘

町には、偶然生まれては消えてゆく無数の詩が溢れている。不合理でナンセンスで真剣だからこそ可笑しい、天使的な言葉たちへの考察。　（南伸坊）

柴田元幸ベスト・エッセイ　柴田元幸編著

例文が異常に面白い辞書。名曲の斬新過ぎる解釈。そして工業地帯で育った日々の記憶。名翻訳家が自ら選んだ、文庫オリジナル決定版。

翻訳教室　鴻巣友季子

「翻訳をする」とは一体どういう事だろう？　第一線の翻訳家とその母校の生徒達によるとっておきの超・入門書。スタートを切りたい全ての人へ。

買えない味　平松洋子

一晩寝かしたお芋の煮っころがし、土瓶で淹れた番茶、風にあてた干し豚の滋味……日常の中にこそある、おいしさを綴ったエッセイ集。　（中島京子）

杏のふむふむ　杏

連続テレビ小説「ごちそうさん」で国民的な女優となった杏が、それまでの人生を、人との出会いをテーマに描いたエッセイ集。　（村上春樹）

たましいの場所　早川義夫

「恋をしていいのだ。今を歌っていくのだ」。心を揺るがす本質的な言葉。文庫用に最終章を追加。帯文＝宮藤官九郎　オマージュエッセイ＝七尾旅人

うれしい悲鳴をあげてくれ　いしわたり淳治

作詞家、音楽プロデューサーとして活躍する著者の小説＆エッセイ集。彼が「言葉」を紡ぐと誰もが楽しめる「物語」が生まれる。　（鈴木おさむ）

いっぴき　高橋久美子

初めてのエッセイ集に大幅な増補と書き下ろしを加え待望の文庫化。バンド脱退後、作家・作詞家として活躍する著者の魅力を凝縮した一冊。

家族最初の日　植本一子

二〇一〇年二月から二〇一一年四月にかけての生活の記録(家計簿つき)。デビュー作『働けＥＣＤ』を大幅に増補した完全版。

月刊佐藤純子　佐藤ジュンコ

注目のイラストレーター(元書店員)のマンガエッセイが大増量してまさかの文庫化！　仙台の街や友人との日常を描く独特のゆるふわ感はクセになる！

名短篇、ここにあり　北村薫　宮部みゆき　編

読み巧者の二人の議論沸騰し、選びぬかれたお薦め小説12篇。となりの宇宙人／冷たい仕事／隠し芸の男／少女架刑／あしたの夕刊／網／誤訳ほか。

なんたってドーナツ　早川茉莉編

貧しかった時代の手作りおやつ、日曜学校で出合った素敵なお菓子、毎朝宿泊客にドーナツを配るホテル、哲学させる穴……。文庫オリジナル。

猫の文学館Ｉ　和田博文編

寺田寅彦、内田百閒、太宰治、向田邦子……いつの時代も、作家たちは猫が大好きだった。猫の気まぐれに振り回されている猫好きに捧げる47篇‼

月の文学館　和田博文編

稲垣足穂のムーン・ライダース、中井英夫の月蝕領主の狂気、川上弘美が思い浮かべる「柔らかい月」……選りすぐり43篇の月の文学アンソロジー。

絶望図書館　頭木弘樹編

心から絶望したひとへ、絶望文学の名ソムリエが古今東西の小説、エッセイ、漫画等々からぴったりの作品を紹介。前代未聞の絶望図書館へようこそ！

小説の惑星　ノーザンブルーベリー篇　伊坂幸太郎編

小説って、超面白い。伊坂幸太郎が選び抜いた究極の短編アンソロジー、青いカバーのノーザンブルーベリー篇！　編者によるまえがき・あとがき収録。

小説の惑星　オーシャンラズベリー篇　伊坂幸太郎編

小説のドリームチーム、誕生。伊坂幸太郎選・至高の短編アンソロジー、赤いカバーのオーシャンラズベリー篇！　編者によるまえがき・あとがき収録。

品切れの際はご容赦ください

ちくま文庫

図《と》書館《しょかん》の神様《かみさま》

二〇〇九年七月十日　第一刷発行
二〇二五年四月五日　第十八刷発行

著　者　瀬尾まいこ（せお・まいこ）
発行者　増田健史
発行所　株式会社　筑摩書房
東京都台東区蔵前二―五―三　〒一一一―八七五五
電話番号　〇三―五六八七―二六〇一（代表）

装幀者　安野光雅
印刷所　中央精版印刷株式会社
製本所　中央精版印刷株式会社

ISBN978-4-480-42626-0 C0193